ユニス描こうか
クラハ描こうか
迷いました
2021.吉日
toi8

SQEX ノベル

最高難度迷宮でパーティに置き去りにされたSランク剣士、本当に迷いまくって誰も知らない最深部へ ～俺の勘だとたぶんこっちが出口だと思う～ 1

著者
quiet
イラストレーター
toi8

2021年8月6日　初版発行

発行人
松浦克義
発行所
株式会社スクウェア・エニックス
〒160-8430
東京都新宿区新宿6-27-30　新宿イーストサイドスクエア
（お問い合わせ）スクウェア・エニックス　サポートセンター
https://sqex.to/PUB
印刷所
中央精版印刷株式会社
担当編集
増田翼
装幀
百足屋ユウコ＋石田隆（ムシカゴグラフィクス）

ISBN978-4-7575-7413-7 C0093　　Printed in Japan

最高難度迷宮でパーティに置き去りにされたSランク剣士、本当に迷いまくって誰も知らない最深部へ
～俺の勘だとたぶんこっちが出口だと思う～
1
Author
quiet
Illustration
toi8

最高難度迷宮で
パーティに置き去りにされた
Sランク剣士、
本当に迷いまくって
誰も知らない最深部、
～俺の勘だとたぶん
こっちが出口だと思う～
→

contents

序章　俺でよければ

「そういうのはやめてくれないか」

ジルがリーダーのゴダッハの腕を摑んで言ったのは、まさにこれから彼らの冒険者パーティ〈次の頂点《フューチャー・プラン》〉が最高難度迷宮〈二度と空には出会えない《アビス》〉に初めて挑もうとする、その朝のことだった。

「……あぁ？」

「新参だから黙ってたけど、同じパーティのメンバーだろ。荷物持ちとか関係なく。そういう当たり方はやめてくれ。見ていて不愉快だ」

殴るなんて尚更、と。

ジルはゴダッハの手首を、強く握る。

パーティ宿舎のエントランスでの出来事だった。

〈次の頂点〉のメンバー数十人が勢ぞろいしている。その真ん中にいたのがこのふたり。

ミスリル鎧を着込んだ巨軀《きょく》——このSランクパーティを纏《まと》める四十絡みの剛腕の男、ゴダッハがぎろりと睨みつける。

一方で、それに比べると流石に体格は見劣りするが、それでも長身の、いかにも研ぎ澄まされたような立ち姿の黒髪眼鏡の青年――ジルは、その視線を怯むでもなく受け止める。

「私のやり方に文句をつける気か」

「悪いがそうなる。何も俺は、あなたのやることなすこと全てを肯定するなんて契約を結んだわけじゃない」

「あの、ジルさん。私は気にしてませんから……」

その間に挟まれるようにして立っているのが、灰色の髪に水色の瞳の少女。このパーティのサポーター――迷宮のマッピングや荷運び等の雑事を担当する役職――の一人であるクラハだった。

「だ、そうだが？」

「別に本人がどう思ってるとか、そういう話じゃない。ただ、俺が気に入らないって言ってるんだ。まさか迷宮の中に入っても、サポーターみんなに向かって『足手まとい』だの『役立たず』だのネチネチやるつもりか？　……これから挑むのがこの国で一番きつい、Sランクだけが挑戦できる迷宮なんだろ。気持ちよくやらせてくれ」

ゴダッハは、それからたっぷり十秒、ジルを睨みつけた。

しかしそれでもジルが一歩も引かないで、眼鏡のグラスの奥、瞳をまるで揺らすことなくその視線を受け止めているのを見て取ると――チッ、と舌打ちをひとつして、その腕を振り払った。

「図に乗るなよ、剣自慢の若造風情が……。迷宮の中に入ったら、私の命令には絶対に従ってもらうぞ」

「肝に銘じておく」

ふん、と鼻を鳴らしてゴダッハは視線を周囲に向けた。

「何をぐずぐずしている、お前たち。行くぞ！」

慌ただしくメンバーたちが動き始める。ゴダッハが宿舎の正面から大股で出て行けば、それにドタバタと続いていく。

その背を見つめながら、ジルがふう、と溜息を吐けば、

「あ、あの……」

と遠慮がちに、クラハが話しかけてきた。

「すみません、私なんかが庇ってもらって……」

「ああいや、気にしないでくれ」

彼女が頭を下げるのに、ジルは軽く手を振って、

「さっきも言ったとおり、俺が我慢できなくなっただけだ。むしろ、あれでかえって目をつけられたら申し訳ない」

「いえ、そんなこと！」

ふたりもまた、他のメンバーたちに続いていく。

宿舎の前にはすでに移動用の馬車が停まっていて、準備のできた者から中へと乗り込んでいく。

ジルとクラハは自然と一番最後に、ふたりで詰めることになる。

あの、とそれに揺られながら、クラハが言った。

「ジルさんって、このパーティにはスカウトされてきたんですよね」

ああ、とジルは頷いて、

「今までは冒険者登録もしてなかったんだけどな。誰も踏破できてない迷宮に挑戦、っていうのも面白そうだったから」

「高名な剣の流派の正統後継者だとか」

「正統……。正統か……」

ジルはバツの悪そうな顔をして、

「そんなに大したもんじゃないぞ。別に、そこまで確固とした型があるわけでもないし。剣のコツを教えてもらったと言えば、確かにその通りだけど」

「でも、東の国で竜殺しを達成したって。ゴダッハさん……リーダーが、ジルさんのスカウトが決まったときに言ってました」

「あれは師匠と二人で仕留めたやつだよ。今はひとまず、それが一人でできるようになるまで諸国漫遊修行中……っと、」

ガタリ、と敷石の段差に馬車が大きく揺れた。

ジルが身体を浮かす一方で、クラハは縛り上げた荷物が崩れ落ちないよう、手で支えている。

しかし、その動きも念のため以上は意味のない、無用のこと。

「びくともしてないな」

やや驚きを込めて、ジルは言った。

「このくらいは、誰でも……」

「そんなことないさ。……って、俺ができないからなんだが」

少しはにかむようにして。

「俺は紐を縛るのが苦手で、防具なんかも全然つけられないんだ。靴もほら、こういうベルトで留めるやつじゃないとダメで」

「よければ予備の防具を使いますか？　つけるのなら、私が手伝いますけど……」

いやそれは大丈夫、とジルは断って、

「クラハはこの仕事、長いのか？」

「二年になります。十五から始めて……あの、訊いてもいいですか」

「ああ」

「どうすれば、強くなれますか」

きょとん、とジルは目を丸くした。

それに意気を挫《くじ》かれたのか、クラハは俯いて、

「あ、あの。私ごときがこんなこと訊くのは大それてるって、わかってるんですけど」

「いや、そんなことはないが……どうして俺に？」

所属のパーティの先輩じゃなくて、と訊ねれば。

その、と彼女は話し始める。

「私、冒険者に憧れていて。子どもの頃から英雄譚《えいゆうたん》が大好きで……いつかあんな風に、誰も知らないところを旅してみたい。そう思ってたんです。だから、冒険者になれる年齢まではこういう……荷造りとか、それから地図作りとか、地道なことを勉強していて」

ああ、とジルは頷いた。

道理で同じサポーターたちの中でも、クラハのする仕事は群を抜いて出来が良いわけだ、と。

「それで、冒険者になってからは戦闘の腕を上げたくなった、と」

「はい。冒険するにはサバイバルの技術だけじゃなく、魔獣を相手にする力も重要ですから。……でも、」

教えてもらえないんです、と彼女は言った。

「〈次の頂点〉に所属するとき、サポーターからメインへのステップアップ研修があるって話だったんですけど……実際には、『見て覚えろ』『それでできないなら才能がないということだから諦めろ』ばかりで……」

なるほどな、とジルは頷いた。

「内部で人を育てる仕組みがないわけだ。それで、俺みたいな人間を外から連れてくることで戦力は補強してる、と」

合理的なやり口ではあるな、と心の内では思う。

ただし、それを続けた場合……あるいは冒険者という業界全体にその仕組みが蔓延した場合に発生する問題や、採用時に実際とは異なる条件を提示することの不誠実を思えば、ジル個人としてはあまり手放しには賛同しにくい手法ではあるが。

このパーティに所属するのもこの迷宮攻略が最初で最後かもな、とひっそり考えている。

「その、こんなことをお願いするのは図々しいとわかってはいるんですが、授業料など後からでもできる限りお渡ししますので、」

「何でもだ」

「え？」

「何をしても、基本的には強くなる」

クラハの申し出を最後まで聞かないままで、ジルは言った。

「怪我をするとか病気をするとか、そういうのがなければ基本的には何をしても強くなる。戦闘は……というか戦闘に限らず、全ての行動は総合的なものだから」

「総合的なもの、ですか」

難しい話になるんだけど、とジルは前置きをして、

「たとえば目の前から……まあ、犬の魔獣でもなんでもいい。それが突っ込んでくる。どうする？」

「え。……それは、カウンターを狙って……」

「たぶんあなただったら、あらかじめそいつが突っ込んでくるのを見越して罠を設置しておいた方が強い」

　虚を突かれたような表情のクラハに、質問の意地が悪かったけど、とジルは言いながら、

「戦闘においては、どこから始めるとか、これはやっていいけどこれはダメとか、そういうルールがあるわけじゃない。持ってる手札は人によって違うし、その手札をどのタイミングで使うべきなのかも違う。大事なのは、自分が何の手札を持っているのかをよく把握すること。それから、手札を上手く使うこと。……どんなに使えないと思ってる手札も、どこかでは使う場面がある」

「何をしても強くなるっていうのは……」

「手札が多ければ多いに越したことはないから。何かをすれば、絶対に強さの総合値は高くなる。……あとはまあ、その手札の汎用性じゃないか。鍛え上げた手札なら、状況に適してなくてもゴリ押せる場合が増えるし、対応範囲が広い手札は、総合値に対する影響がその分高くなる」

　ええと、とクラハは戸惑ったように、

「り、理論派なんですね。ジルさん……」

「理屈屋なだけだよ」

ジルは少しだけ恥じるように、

「偉そうなことを言ったけど、俺は剣だけなんだ。他のことはてんでダメで……。ゴリ押しの手札一枚型って言ったらいいかな。人のことを見て羨む気持ちを、こうして理屈に変えてるだけだよ」

「そうなんですか？」

「そう」

頷いたジルは、コツコツと自分の眼鏡を叩いて、

「たとえば、俺はすごく視力が悪い。しかも竜殺しのときに目に呪いを食らって、身体強化系の影響も『硬度上昇』くらいの効果しか受け付けなくなってる。……だから迷宮の罠を見分けるとか、そういうのが咄嗟にできない可能性が結構ある」

クラハが反応できずにいる間に、

「そのうえ、度を超した方向音痴だ。……実はここに来る前も、この国と反対方向に旅し始めたつもりだった」

「え、」

「だからさ……」

仮定の話だけど、とジルは前置きして、

「俺なんて剣を振るしか能がないから、ひとりで迷宮に突っ込んだりしたら、二度と出てこられないかもしれないぞ」

眼鏡が割れたらもう終わりだ、と笑って言った。

はあ、とかろうじてクラハが相槌を打って、「だから予備の眼鏡を持ってもらっていいか」「これがなくなると本当に困る」と小さなケースを渡されたタイミングで、馬車は止まる。

「お、着いたか」

「あっ、急がなきゃ……」

クラハが自分自身よりも大きいような荷物を背負い込む。

だからジルはそれに先んじて馬車を降りて、彼女が通りやすいよう、一応と扉を押さえる役をする。

すみません、と頭を下げられるのに、気にするな、と応えて。

ところで、と。

「そういうややこしい話はともかく、単に戦闘用の汎用手札が一枚欲しいって話だったら、この迷宮攻略が終わってからなら、全然構わないぞ」

「……え」

「剣術。教えるの」

何を言われたかわからない、というようにクラハの動きが止まった。

それからかろうじて、「いいんですか」という言葉が、唇の間から吐息のように漏れ出した。

いいさ、とジルはそれに軽く答える。

「弟子を取る……と言えるほど大した人間じゃないが、別に一子相伝の秘剣ってわけでもないし、師匠もそのまた大師匠も色んな人間に教えてたらしいから」

けれど最後に、少しだけはにかんで、

「俺でよければ、だけど」

信じられない、という顔をクラハはしていた。

よろしくお願いします、と九十度以上に頭を下げるまでの間――そのあまりの勢いにジルが笑みを漏らすまでの間に、彼女の手はほとんど自動的に動いて馬車から降りる準備を終えていた。

十九と十七。まだ若い彼と彼女は、これから挑む最高難度の迷宮を前に、小さな約束をした。

ところで、その二時間後には彼――ジルは、眼鏡がバッキバキに割れた状態で、迷宮の中層にひとり取り残されることになる。

一章　終わった

「か、カス野郎……」

気絶の時間がほんの数十秒で済んで、しかも目覚めた瞬間にはきっちり状況を理解できていたのは、間違いなくこれまでの修行での気絶慣れのおかげだった。

信じられないような気持ちでジルは空を見上げている。

といっても実際に青空が見えているわけではない。視界にあるのは馬鹿みたいに高い天井と、そこに開いた穴。自分が一人で魔獣と揉み合う羽目になった第三層から、もう第何層だかさっぱりわからないがとにかく途轍《とてつ》もない距離を垂直に旅して辿り着いたこの場所までを繋ぐ、大きな穴。

どう考えても、魔導師でもなんでもない自分では這い上がれそうにもない、その穴。

「い、ってー……。馬鹿かアイツ……！」

肩のあたりに手をやりながらジルは身体を起こす。

そして、ここに自分が盛大に叩きつけられるまでに起こったありえない出来事を、もう一度くらい思い返している。

まず、それなりに迷宮の攻略は順調だった。

Sランクの冒険者パーティたちですら三層より先に進んだことはないというこの最高難度迷宮〈二度と空には出会えない《アビス》〉……その評判に恥じず、そのあたりに出てくる魔獣たちですら、中難度迷宮では階層主と呼ばれてもおかしくないほどの実力を持っていた。

しかしそれもサポーター組のルート構築のおかげでそれほど苦にならなかったのだ。ときどきはどうしても接敵しなくてはならない場面もあったが、そこは流石にここまで登り詰めた実績がある。ジルが手を出さずとも、〈次の頂点《フューチャー・プラン》〉のメイン組がどんどん斬り倒して進んでいった。

問題は、第三層の階層主に会ってからのことである。

ジルはあまり迷宮の仕組みに詳しくはないが……、なんでも、迷宮の各階層には必ず『明らかに迷宮から特別な魔力供給を受け、過剰に成長した魔獣』が存在しているらしい。

階層主は決して他の魔獣と同じように徘徊することはしない。主部屋と呼ばれる特別な空間で、冒険者たちを待ち構えている。

この主部屋は必ず通過しなければならないというものでもないらしい。それを迂回しながらでも、次の階層に続く通路まで辿り着くことができる場合もある。

が、第三層ではそれができなかった。

というわけで、戦うことになった。

事件はここからである。

まず、事前の打ち合わせのとおり、ジルが一番前に飛び出した。

このワントップ型の布陣に対しては、特に彼自身不満はない。剣を振るしか能がない以上、こうした場面で矢面に立つのは当然のことだし、変に周りに気を遣うよりも前衛を一人で回していた方が気が楽で、かつ肉体的には厳しいのでいい修行になる。

次に、全く後方支援の気配がなかった。

このあたりで、「ん?」とジルの心に疑念が芽生えた。

別になくてもよくはある。最悪の場合は。

平地でぶらぶら旅をしていたときは、当然常に集団戦をしているわけではなかった。だから、ひとり孤立無援で戦うことには慣れている。援護がなくても別に、戦闘自体に支障はない。

しかし、本来そうなる手筈だったものが届かなければ、それなりに不安になるもので。

どうしたんだ、とジルは後方にいるはずのパーティを見た。

すると、パーティのリーダーであるゴダッハが、彼の代名詞とも言える強力な魔剣——〈灰に帰《ヴァニッ》らず《シュ》〉に過剰な魔力を込めているのを見た。

いい、とジルは思う。

これもまだいい。

目の前にいる階層主とやらはものすごく強い。これまでのSランクパーティが三層より先に進めなかったのはこいつのせいなのではないかと、たった数度の打ち合いで思えてしまう。東の毒竜殺しを経験していなかったら自分だって自信を持って立ち向かえる相手ではなかったはずだと、そうわかる。

だから、リーダー自ら前に出て、その虎の子とも言える一撃――〈魔剣解放《リリース》〉を放とうとしていることも、戦略的にはすごく理解できる。出し惜しみして傷を負うよりはずっと賢い選択だと、ジルだってそう思う。

自分が、その必殺の一撃の射程範囲内に入っていなければ。

「ちょ、待――！」

待たない。

真っ黒な閃光が奔《はし》った。

流石にどれだけジルが素早かったとしても不意打ちの広範囲魔法攻撃。階層主の後ろに回り込んで回避するのが精々だった。

そして、階層主も負けてはいなかった。

その〈魔剣解放〉の力を、上から叩いた。ジルと対峙していたときに出していたよりも、遥かな出力で。

その結果、ものすごい爆発が起こって床に穴が開いた。

おそらく〈魔剣解放〉の力だけではなかったのではないかとジルは思う。

たぶん、階層主は階層主で何らかの必殺の一撃を放っていて、激突したそれらの衝撃が全て下側への力となって爆発したのではないかと思う。

何を思おうと、とにかく足場はなくなったし、自由落下の旅が始まった。

床の崩落の範囲の問題で、ジルと階層主のふたりきり、水入らずの旅が。

階層主は恐るべきガッツを見せた。明らかに空中戦に対応した種とは見えなかったが、それでも果敢に目の前の剣士の命を奪いに来た。

奪われるわけにもいかないので、ジルも人間という空中戦非対応の種でありながら、恐るべきガッツを見せて対抗した。

その結果。

ようやく、時間は現在へと至り。

「……あ、下敷きにしてるのか」

尻の下にある感触が、どうも迷宮の地面ではないとわかって、ようやくジルはそれが階層主の死骸であることに気付く。

ガッツ勝負は、ジルに軍配が上がった。

そしてその代償として着地に失敗し、いましばらくの気絶となったわけだった。

許してはおけぬ、と思う。

いったいどういう了見があれば人に向かって必殺技を撃つなどという発想に至るのか。まったくもってジルには理解できない。強いて心当たりがあるとすれば出発前のあの口論くらいだが、人に罵声を浴びせるのをやめろ、と注意したくらいで後ろから殺されかけるというのはいくらなんでも割に合わない不当な扱いで、憤るに十分な理由が自分にはあるはずだ、と思う。

ここから舞い戻った暁には、ボコボコのギタギタに叩きのめしてやらねば気が済まない。

とは思いつつも、それはまずここから抜け出す目途を立ててからの話で。

ジルは天井を見上げた。

そして大声を出そうとした。ゴダッハはともかく、パーティの中に多少なり良心のある者たち——たとえばクラハを初めとして——がいるはずだから、彼女らに助けを求めよう。運が良ければ長いロープでも下ろしてくれて、案外するりと元の場所まで戻れるかもしれない。

だから、息を吸って、

「おー……ぉおおおおおおお？」

吐き切れなかった。

目の前で、気味の悪い勢いで迷宮の穴が塞がったからである。

めりめりめり、とか、ぐじゅぐじゅぐじゅ、とか、そんな音を立てながら。

流石にこうなれば——つまり『初めから穴なんてありませんでしたけど？』という顔でぴったりと閉じ切ってしまった天井を目の前にしてしまえば——ジルも認めないわけにはいかない。

助けを求めても体力の無駄遣いだ、と。

やれやれ参った。

これでは本当に、クラハに馬車の中で伝えていた冗談のとおりになってしまった。

まあしかし、眼鏡のかろうじて割れていないのが救いと言えば救いの一つ……無理やり前向きな気持ちになって、とりあえずこの煤けた命綱を綺麗に拭いてから歩き出そうじゃないかと、ジルがそのつるに手をかけた瞬間。

パリーン、と。

「…………………ん？」

パリパリパリーン、と。

「…………嘘だろ、おい」

眼鏡が、盛大に割れた。

残念ながら裸眼のジルはその光景をはっきりとは捉えられなかったが、音だけでも十分にわかる。本当に馬鹿みたいに綺麗に、完膚なきまでに、粉々に砕け散った。

〈魔剣解放〉と階層主のパワーの激突、それが引き起こした爆発、途方もない距離の落下とその最中の戦闘……それらすべてが彼の眼鏡に過剰な負担を与え、そして眼鏡の形を何とか支えていたガッツも、とうとう底をついたらしい。

馬鹿みたいに割れた。

眼鏡が。

残ったのは、頼りない視力の方向音痴が一人。

眼鏡のレンズが本来あったはずの場所に、何度も人差し指を入れたり抜いたり……スカスカと繰り返したあと、とうとう現実を受け止めて、彼は言った。

「終わった……！」

というわけで、冒険は始まる。

さて、眼鏡と一緒に粉々に砕け散ってしまった心――その修復作業を懸命に行ったことで発生した時間経過のち、彼はひとまず色々なことを置いておいて、ある非常に順当で手堅い疑問と向き合うことにした。

つまり、遭難したときに何をすべきかということ。

当然、その場に留まって助けを待つべきである。

が、流石にそう上手くはいかないだろうとジルは考えた。かなりの距離を落ちてきたのだ。そのうえここはろくに挑む者もいない最高難度の迷宮。救助までに一体何年を待つ羽目になるのか、想像もつかない。

というわけで、自力で脱出を目指す。それを強く心に決めた。

「……あれ、俺いま、なんか下ってないか？」

方向音痴なのに。

決心からしばらく経ってのこと。きょろきょろとジルは辺りを見回した。が、見回したところで何が目に入るというわけでも——いや、正確に言うなら目には入っている。入っているが、それがなんだかさっぱりわからないのだ。

壁かな？

うん、たぶん壁だよ。

そのくらいの解像度でしか、今のジルは物を捉えられていない。

付け加えて言うなら、壁なら多少の圧迫感を元に遠近感を掴めるが、地面となるとそうはいかない。下を向いたところで段差があるのかないのかすら読み取ることができない。ということでジルは平らな道のところどころに待ち構える些細な穴ぼこ（あるいは突起）にことごとく躓《つまず》きながら前へ前へと進む羽目になっている。

普通につらいのである。

周囲一帯を薙ぎ払って更地にしてやりたいな、と強く思うくらいには。

しかしその七転八倒七転び八起きの懸命な旅路の果てにジルは階層通路へと辿り着くことができた。できたにはできた。やったぜこうなりゃこっちのもんだぜこの調子で地上まで一目散だ——そんな調子で意気揚々と歩いていたところに思わず彼の口から放たれた台詞が、ついさっきのこれである。

俺いま、なんか下ってないか？

迷宮の各階層を繋ぐ通路は、単純な階段の形状をしていないことが多い。

ときたま自然とそうした形になっている場所もあるようだが、とにかくこの迷宮はそうではない。

ゆるやかなスロープ状の構造を取っている。

歩み始めは、確かに上向きだったはずだ。

が。

今は。

「……いや、待て待て待て。おかしいぞこれ。合ってるのか？」

なんだか下っている気がするのである。

猛烈に下っている気がするのである。

途中急に足が軽くなってきたような気がして、何か変だと思ったのだ。ちなみに足が軽くなるまでに歩いた時間が五分で、その後は二十分を歩いている。

起伏のある道なのだと思っていた。

てっきりどこかでもう一度上り坂になると思っていた。

が、いつまで経っても下るばかり。

このまま地獄の底まで連れていかれてしまうのではないかと不安になって、流石にジルも足を止めた。

そして腕を組み、考えた。

行くべきか、行かざるべきか。

つまり引き返した方がいいのかどうかを、考えた。

ここで方向音痴に関する豆知識をお届けすると、彼ら彼女らはおおむね二つのタイプに分かれると言われている。

一。とにかく疑うことを知らない途方もないアホなので、間違った道を進んでいようがなんだろうが関係なくドスドス進んでありえないほど明後日の方向へ爆速で進んでいく者。

二。とにかく心が弱いので、ひょっとすると自分は今迷ってしまっているのではないか……という不安に負けてしまい、本来合っているはずの道ですらあっちへフラフラこっちへフラフラを繰り返し、訳のわからない道へと迷い込んでいく者。

「…………いや、読み切った！」

そのことを、ジルはよく知っていた。

そしてこうも思っていた――おそらく自分は二番目のタイプ。なぜならば自分には考え込む癖があり、師匠との修行時代にもことあるごとに疑問点を口にし続け、最終的に何か口応えをするたびに「理屈屋開店！　からんからーん！」と一発ギャグなんだか嫌みなんだかよくわからない合いの手をその都度入れられるという憂き目にあってきたから。

そう、自分は二番目のタイプ。

だとするなら、ここで心の弱さに負けてしまえば、さらに迷う！

つまりこの階層通路――臆せず進み切るのが、出口への道！

「ふっ……。口ほどにもないな、最高難度迷宮……！」

完全に制覇させてもらった――そんな勝ち誇った笑みとともに、ジルは次の一歩を自信満々に踏み出した。

ちなみにその階層通路はさらなる下層へと続いているので、ジルは盛大に出口に背を向けたことになる。

あと、彼は一番目のタイプである。

自己認識はともかくとして。

ついでに言うと、たったいまジルが踏み出した足の裏でカチッと鳴ったのはトラップ発動の音で、階層通路に鉄砲水がずどどどっどどどどどどどどどどと押し寄せてきている。

流石に最後のは、音で気付けた。

「は？」

どっちに逃げれば、と。

口にする間もなく、ばしゃん、と。

「お、ごごっごごごごごごごごっ！」

ものすごい勢いで、ジルは流されていく。当然、水は低きに流れるために、どんどん下層の方へと。

しかし彼はそれに気付けない。気付く余裕がない。なにせ足がまったく地面につかない。息継ぎをしようにも階層ごとの馬鹿高い天井いっぱいまで水は押し寄せて隙間などどこにもない。

渦潮に飲み込まれた虫けらのようだった。

なすすべもなく、ジルは運ばれ運ばれ、どんどんと運ばれ――。

ぺいっ、とようやく水の中から吐き出された瞬間には。

「――――っ！」

殺気。

かきん、とそれを剣の鞘で弾いた。

握る手がびりびりと痺れる。ぼやけた視界の中で何かが動いている。ほとんどその像は頼りにならず、音と、風と、それからついさっきの感触から読み取った間合いの想像を元に、ジルは大きく飛び退《すさ》る。

それでも、額のすぐ前をびゅう、と何か巨大なものが掠《かす》めて、ぱらぱらと前髪が鼻の上に散ってきたのが、わかった。

「そういう罠か――――！」

なるほど、とジルは納得している。

鉄砲水。てっきりそれだけで命を奪うつもりの罠なのかと思ったが、どうも違ったらしい。

あれは強制移動装置。

目の前にいるらしい魔獣の下へと、冒険者を無理やりに連れてくるための機構。

当然、弱々しい魔獣の前にわざわざ連れてくる必要はない。

それだけ大掛かりな仕組みの最果てにいる魔獣なんて、どう考えても強敵に決まっていて――、

「っ、こうか！」

もう一度、ジルはそれを避けた。

そして確信する。

強い。

よく見えんがとにかく強いらしい、と心の中で呟く。第三層で地上戦をしていた際の階層主――

つまり果てしない空中戦に持ち込まれる前の――それと劣らないくらいの力はあるのではないかと。

たった二振りの風が教えてくれた。

そして、状況はそのときよりもずっと悪い。

「全っ然見えん！」

がきん、ともう一度、鞘が鳴った。

今度は、受け止めようとして鳴らしたわけではない。避けようとしたはずが、見切りが不十分だった。間合いが、思ったよりも近かった。

相手の構造がよくわからないのだ。

魔獣は当然、人間よりも複雑な形状をしていることが多い。

水辺に現れる魔獣と来れば巨蟹あたりなのではないかと想像することはできるが、しかし確証はまるでなく、また魔獣は大抵動物をモデルにしているだけで、動物そのものではない。ぼんやりと窺えるシルエットごときでは、まるで相手の正確な姿を捉えることなどできはしない。

関節の継ぎ目も見えないのだ。

弱点がどこなのかもさっぱりわからない。ついでに言うなら、自分の足元の状態がどうなっているかも――

いや、待てよ。

「――――っし！」

今度は、避けられた。

音だった。

水の音。

たった今この場所までジルを連れてきた鉄砲水――それが、この辺り一帯の地面にひたひたと満ちている。

魔獣が動けば、その音でどこにいるかを知れる。

それに、微かな視覚情報だとしても、動体視力は生きている。たとえどれほどおぼろな視界の中であっても、急激に変化するその一点に意識を集中させることくらいはどうにかできる。

そしてその一点と周囲の音情報とを合わせれば、攻撃のタイミングくらいは。

「ふっ――!」

二度、三度。

ジルはそれを避けた。

魔獣も恐るべき力である。並大抵の冒険者であれば、その一振りを身体に受ければ肉片の一つも残るまいとジルにはわかる。内功――身体内部に満ちる力――がもしも例の竜殺しより以前で止まっていたとしたら、彼だって最初の一撃の下に命を奪われていたはずだ。

とんでもない強敵。

しかし、その巨体を相手に、この迷宮内部を覚束《おぼつか》ない足取りで逃げ回るなど、それこそ望みのない話。

ゆえに。

「結局いつも、芸がない――!」

剣を、抜いて。

「秘剣――!」

ジルは、構えた。

水の音が聞こえる。

それは、踏み込みの音。目の前にいる魔獣が、大きく前に出た音。

向かって右の脚が深く沈んだ。

だからおそらく、放たれる攻撃は向かって右の手で。

それが風を生み――ジルの下へと辿り着くまでの間。

その、僅か数瞬。

「――〈月の夢〉」

駆け抜けた。

剣閃が真っ直ぐに滑っていく。

魔獣の攻撃を潜り抜けて、胴をすり抜けていく。

ばしゃ、と鳴ったのは、ジルの着地の音が先。

勢い余ってそのまま水の上を滑って――突起に足がかかればバランスを崩して、水と泥の中をごろごろと転がって。

しかし、それでも最後には膝をついてジルは止まって。

そして、呟いた。

「――獲った」

霧が噴射するように。

目の前のシルエットから、真っ黒な煙が噴き出した。それは魔獣を仕留めた合図。身体内部に込められていた魔力が、その結合を失って周囲に霧散していく有様。

さすがに、裸眼の彼でも、それを見届けるくらいのことはできたから。

ようやく……肩の力を抜いて、こう言った。

「……試練とでも思わないとやってられないな、これは……」

溜息は、魂をまるごと吐き出したかのように深く、重かった。

†

「な……何が事故ですか！　あれはどう見ても――」

「黙れ、小娘」

一方その頃、上層では。

揉め事が発生していた。

「黙りません！　あのとき、ジルさんを巻き込んだ攻撃はどう見ても事故じゃありませんでした！　意図的な攻撃です！」

「だとしたら、なんだ？」

不幸な事故だった、とゴダッハが言ったのが、この揉め事のきっかけだった。

〈魔剣解放〉によるゴダッハの一撃――それに巻き込まれ下層へと転落していった階層主と、パーティの主力剣士・ジルの姿。

それを見届けた末にゴダッハが言い放ったその言葉が、クラハの勇気に火を点けた。

「ギルドに告発します。メンバーに対する背後からの攻撃は第九条第一項に定められた冒険者登録の抹消事由に該当します。それに、迷宮内部での傷害行為の免責は、過失の場合と緊急避難がその範疇《はんちゅう》……故意であるなら、刑事罰の対象です」

ぎろり、とゴダッハはクラハを睨みつけた。

が、クラハもその鋭い目つきに一歩も引かなかった。流石に力量の違いから冷や汗の一筋二筋は流したものの……それでも、一歩も。

だから、

「うっ、」

「よく勉強しているようだな。足手まといのくせに……いや、足手まといだからか？」

ゴダッハの右の手が、彼女の頬を強く摑んだ。

「離し……」

「あれは緊急避難だった。第三層の階層主を正攻法で破ることはできなかった」

低い声で、ゴダッハは言う。

「だから私の〈魔剣解放〉を即座に使う必要があった。あの若造が悪いんだよ。あれほど強力な相手を見ても初めに決めた作戦通りに事を進めようとした。対峙する相手の力量を見極めることもできない愚か者……そんな奴のために、私は自分の大切なパーティを犠牲にはしない」

「どの、口が……！」

クラハにはわかっていた。

明らかにあれは、故意にジルを見捨てたのだと。

確かに第三層の階層主は、自分の目から見て圧倒的だった。

が、ジルはそれと対等以上に打ち合っていたのだ。

後方からの支援を送ればさらに優位に状況を進めることができた。それに、前衛があれだけ相手の動きを止められるなら、ひょっとするとほとんど無傷で突破することすら可能だったかもしれない。

〈魔剣解放〉は、明らかに必要なかった。

自分程度でもわかることが、Sランクパーティを率いるゴダッハに、わからないはずがない。

涙目になりながら、クラハはそれでも、目の前の大男を睨みつける。頬を摑まれている手に力が籠れば、容易く顎を砕かれ、ここに死体として打ち棄てられてしまうかもしれない……そう思いながらも、懸命に。

「あなたがっ、いくら言い逃れしようとしても、証人が、」

「どこにいる？」

ぐるり、とゴダッハは周囲を見回した。

それを追いかけるように、クラハも視線を巡らす。

誰とも、その目は合わなかった。

皆、彼女を真っ直ぐに見ないまま……ただ、罪の意識に耐えるように下を向いていたから。

「み、見ましたよね！　皆さんなら、あの状況を……」

「誰も見ていない」

クラハの訴えを、ゴダッハが上から潰す。

「お前の妄想だ、役立たず。誰も……ここにいる誰も、お前の見たようなものは見ていない」

「────っ」

言葉を失ったクラハを、ゴダッハは地面へと叩きつける。

う、と呻いた彼女が顔を上げたときには、すでに彼は背を向けていた。

「引き上げだ。第三層の階層主ごときに〈魔剣解放〉を切るようでは、私たちには荷が重い。攻略中止だ」

「見捨てる気……いや、殺す気ですか！　ジルさんを！」

ゴダッハは、答えなかった。

〈次の頂点〉のメンバーたちが彼に続いて主部屋を出ていく。

何もできなかったその不甲斐なさ──それをクラハが噛みしめていると、不意に、声がかかった。

「ほら、起きろ。置いていかれたらお前なんか簡単に死んじまうぞ」

「……ホランド、さん」

声の主は、メイン攻略班の一人である、ベテランの弓士の男だった。

四十過ぎで、ゴダッハと同年齢程度。長髪を後ろで纏《まと》めて、無精ひげを蓄えている。

彼が手を差し伸べている……けれどクラハはそれを掴まないままに、訊いた。

「みなさん、どうして……」

「仕方ねえのさ」

苦虫を噛み潰すような顔で、ホランドは言う。

「Sランクは現状、この国には一つだけだ。冒険者としちゃここが最高地点。ゴダッハの野郎の機嫌を損ねれば、たちまちその地位を失うことになる」

「そんなことの、ために、」

「そんなことさ。……俺にはカミさんもいりゃ、お前くらいの年のガキどももいる。ゴダッハが『見て見ぬふりをしろ』って言うなら、耐えるしかねえ。どれだけ怪しくてもな。稼ぐときに稼ぐしかねえ職業だ。この条件を手放せる奴は、そうそういねえよ」

それに、とホランドは、クラハの手を無理やりに取って、引き上げた。

「大英雄の兄ちゃんだって、仲間から背中を撃たれちゃあの有様なんだ。……俺は、まだ死ぬわけにはいかねえ」

「…………」

パーティが引き上げていく。

竜殺しの剣士――彼が落ちていった下層へと、ひとつばかりの目線もくれてやらないまま、沈鬱な空気を抱えて立ち去っていく。

「それ、なら……」

「馬鹿なこと考えんな」

立ち上がり、振り返ろうとした彼女——深層へと足を進めようとした彼女の肩を、ホランドが強く押し留めた。

「でも、このまま放って——！」

「お前ひとりで行って、一体何ができる？」

彼の気遣いのない——あるいは、気遣いに満ちた物言い。

そのたった一言で、クラハの足は止まってしまう。

放ってはおけない。おきたくない。背中を斬られた人。騙され、不意を打たれた人。そんな人をこの暗い迷宮の底に置き去りにしたくない。

たとえ、他の誰もが背を向けたとしても、自分だけは——。

「今のお前にゃ何にもできねえよ、クラハ」

そんな思い上がりを、彼の言葉が潰してしまったから。

「力がねえ。残るのは自己満足と無駄死にだけ……自分でもわかってんだろ？」

「…………」

「見て見ぬふりをしろとも、我慢しろとも言わねえ。……言えねえ。だけどな、お前は責任を取るとか、自分の命を賭してでも何かを償うとか、そもそもそんな段階にすらねえんだよ」

ただ見てただけだ、と。

「ただお前は、そういうひでえ現場を目にしただけだ。お前が決定できることはこの場には何もなかったし、今も、何もねえ。抱えてる憤りがあるなら、他の使い道を考えろ。……結果のわかってる無謀なんざ、自殺と同じだ」

行くぞ、と。

ホランドが強引に手を引く。

「私…………」

それに力なく従いながら、しゃくりあげるように、もう一度彼女は。

「こんな思いをするために、冒険者になったんじゃ、ない……！」

「……悪いな。こんな情けねえ、職業冒険者の背中しか見せてやれなくて」

パーティ宿舎への帰還後、しかしクラハは、辞表を提出することはしなかった。

こんなパーティに身を置いておきたくはない……そう、確かに彼女は思っていたが、それ以上に。

Sランクパーティである〈次の頂点〉を抜ければ、最高難度迷宮である〈二度と空には出会えない〉に潜ることは、自分の力量では決してできないことになると、わかっていたから。

いつか、と彼女は思っていた。

いつか、もう一度あの迷宮に潜ったとき……その攻略が進み、さらなる下層へと潜っていったとき。

彼の亡骸《なきがら》だけでも、回収できれば、と。

もはや生きていないことはわかっている。いくらなんでも、そこまで都合の良い夢は見られない。

〈魔剣解放〉に巻き込まれて階層主と共に落下——それだけでも絶望的である上に、たった一人で未攻略迷宮の下層に取り残された。それでは、たったの一日も生存できるはずがない。そのくらいのことは、クラハだってわかっている。諦めている。

けれど。

自分を庇ってくれた……そして剣を教えてくれると言った、あの人の欠片だけでも、地上に持ち帰る日が来れば、と。

だからクラハは、〈次の頂点〉に身を置き続けることを選択した。

非道の男、ゴダッハがリーダーを務めるSランクパーティに、所属し続けることにした。

しかし、彼女の思うように事が進むことはなく。

再び〈二度と空には出会えない〉に潜ることはないまま——月日は、三ヶ月を流れることになる。

二章　舐めるなよ

「ガウウウゥウウウウウゥッ!!」

「ウホッ！　ウホウホッ、ウホッ!!」

ガウガウ言っている方が魔獣で、ウホウホ言っている方がジルである。

奈落の底の方に叩き落とされてから、三ヶ月。

彼は、野生に帰っていた。

「ぐ、グウゥウ……！」

「ウホホッ！」

動きはどこまでも最適化されている。

どうやら犬型の魔獣らしい――そのことをぼんやりシルエットから理解したジルは、もはや剣を抜くことすらしなかった。素早く相手の背後に回り込み、首を絞め、決して離さない。魔獣がどれほど首に力を込めて暴れ回っても、びくともしない。魔獣の歯茎がやがてぱきぱきと割れ出す。黒い泡を噴き始める。ごきり、と音が鳴る。

ばしゅ、と音がして霧が噴き出す。

勝利だった。

「ウォオオオオ！！！」

迷いなく、ジルは雄たけびを上げた。そして食糧事情のために薄くなりつつある胸板を二度三度とドカドカ叩き、ウホウホとまた叫んで。

ハッ、と。

我に、返った。

「……ふ、ふふ」

眼鏡を押し上げるつもりだったのだろう動作。

しかし裸眼ゆえに、その指は間抜けに眉間を叩くだけ。

「舐めるなよ……こっちは人間。大枠で見ればゴリラの親戚なんだ。狼ならともかく、犬ごときに縄張り争いで負けるものか！」

とりあえずあるだけの理性をかき集めて、できるだけ知的に、ジルはそう勝ち誇った。

このままではマズイ、と思いながら。

経過した月日は三ヶ月……ほとんどもう百日も近付いている。

そんなに長い期間を、ろくにサバイバル用品も持たないまま生き延びた。卓越した彼の戦闘力を差し引いたとしても、驚嘆に値すべき生存能力である。

が、いくらなんでも文明人には文明人の限界がある。

つらくなってきているのだ。

「畜生……。あの犬、せっかく捕まえた魚を食い荒らしやがって……」

地面の上を手探りながら、ジルはついさっき犬型の魔獣に横取りされた魚型の魔獣の死骸をかき集める。どこかに完全な状態で残っているものはないか……指で触って、目の前に近づけて、匂いを嗅いで確かめながら。

ジルは水辺をメインの生息地とすることに決めていた。

その理由は二つある。

一つは、巨蟹を屠ったときの再現をしやすくするため。つまり、戦闘において自分が優位に立てるフィールドである、と考えているから。ここなら魔獣の接近にも気付きやすく、ちょっとやそっとでは自分の命を獲られることはあるまい、という自信があった。

もう一つ——これがもっとも重要なことだが——食料や飲料の確保のために。

まず、意外なことだったが、迷宮の中にある水は、渇きを癒すためのものとして扱うことができた。

これを確かめたときには、ジルは心底ほっとした。それがダメなら魔獣の体液でも啜《すす》るしかなかった。以前に砂漠でラクダ型の魔獣のコブから水を啜ったことがあったが、限りなく最悪の気分だった。できれば二度とやりたくない。

そしてまた、水の中には魚型の魔獣も多くいた。

一般的に、魔獣は『食えなくはない』と評されることが多い。普通の動物を食した方がコストの面でも味の面でも数百倍はいいが、しかしとりあえず全身が金属でできているわけでも（あんまり）ないから、切羽詰まったときの食い繋ぎにすることくらいはできる。

だからジルは、この水辺に生息することを決めた。

水を飲む。魚を捕まえて食らう。

非常に原始的ながら、とりあえずそうした生活を立てることにした。

これがつらいのである。

「なんなんだこの魚……ありえんほど臭いぞ……」

魚は不味いし。

「水も臭い……。泥水そのものだ……」

水も汚れているし。

「あと俺も臭い……」

自分も不潔だし。

「なんでこんな一人でぶつぶつ喋ってるんだ、俺は……」

精神もかなりキテいるし。

とにかく、かなりしんどくなっているのである。

だから、彼は思う。

このままではマズい、と。

「……そろそろ行くかな」

剣を手にして、立ち上がった。不味い魚を生食して、何が混ざっているのだかもわからない生水に冷や汗を流して、ぶつぶつ独り言を言いながら果たして自分が人間だったかゴリラだったかも思い出せなくなってきたころに。

「今日こそは、押し通らせてもらうぞ……！」

動き出せば、その気配を察知して魔獣がどんどん襲い掛かってくる。抜刀してそれらをズバズバ斬り伏せながら、顔色ひとつ変えずにジルは進む。眼鏡のない生活にももう慣れてきた。周辺の環境はあいかわらず何ひとつとして読み取れないが、動いているものにとりあえず剣を合わせる技術は、水辺の魚獲りを繰り返すうちにおおむね習熟できたと言っていい。

相手にならない。

このくらいの魔獣たちは。

けれどこの先、扉の向こうにいるのは――、

「ゴアアアアッ!!」

雄たけびが響く。

それはすでに、ジルにとっては聞き慣れた声。

何度も何度も、彼の行く手を阻んできた大いなる魔獣の声。

ジルは一息、大きく吸い込むや、裂帛《れっぱく》の気合とともにその扉を開け放った。

「オォオオオオッ！！！」

彼には見えていない。

目の前にいる魔獣が何者なのか――足音から判別するなら四つ足、シルエットから想像するなら竜にすら匹敵するだろうという超大型。そのくらいのことしか、わかっていない。

が、厳然として、目の前には真実が横たわっている。

「い――っ!?」

「ゴゴォオオオアアアッ!!」

斬りかかった剣が、かきん、と弾かれた。

合わせられたわけではない。

こちらの攻撃のタイミングを読み切られて、カウンターとして払われたわけではない。

ただ、純粋に。

この魔獣は、刃物を肌に、通さない。

金属よりも硬いのだ。

「今日もダメかっ――！」

ひらり、とジルは魔獣から繰り出される攻撃を躱した。速度自体はさほどではない。視覚に頼らずとも、その巨体が生み出す風圧を感じるだけで、十分に回避可能だ。

ジルは、二度を試さない。

すぐさま背を向けて、魔獣の下から走り去った。

「ゴアアアアアッ!!」

ばたん、と扉を閉じれば、それ以上は魔獣も追ってこない。この性質から、わかることがある。

あの魔獣は、階層主だ。

主部屋に陣取る、この階層の主。最も強い、異常値の魔獣。

「未熟だな、俺は……!」

はあ、と溜息を吐いて、ジルは壁へと背中を預ける。これを好機と襲い掛かってくる雑魚魔獣を、恐れるでもなく片手で斬り伏せる。

彼ほどの技量があっても、届かぬ相手。

斬れぬ相手。

しかしこの数十日の探索の中で、ジルは確信していた。

この階層からさらに地上へと進むためには、あの階層主を下して通らなければならないのだ、と。

これが眼鏡のあるときだったら……という気持ちはもちろんある。が、現実的ではない。ないものねだりは、状況を変えてくれはしない。

だから、とりあえず己を責めることにして。

「……素振りからまたやり直しだ！」

言って、ジルは水辺の棲み処へ戻っていく。

このままでは本当にゴリラの仲間入りをしてしまうのではないか……そんな不安を抱えながら。

当初目覚めた場所より五十階層を下った地点で、足止めを食らっていた。

参考程度までに言い留めておくと、現在確認されている限りで最も巨大な迷宮は全百階層程度で構成されていたそうである。

あと、彼はこれでもずっと、真っ直ぐ出口まで上っているつもりだ。

†

迷宮の遥か上方。

地上では、風の温度が秋の訪れを告げていた。

人々が起き出すほんの少し前……まどろみの浅瀬にある街は、まだ真夜中の青を残している。たった、とその土の上を蹴り出す靴音は、ひとりの少女だけのもの。

クラハ。

すれ違う空気が、彼女の灰色の髪を冷たくする。けれど、前だけを見て、懸命、というより必死で走り続ける彼女の身体には、季節の移ろいを忘れさせるほどの熱が灯っている。

あの日のことを、思えば思うほど。

後ろ髪を引かれるような気持ちがありながら、それでも、彼女は。

風を切って、走っていく。

「お。感心だねえ、若人」

「――ホランドさん」

その足が止まったのは、公園を通りかかったときのことだった。

ベンチに座っていた男が、ひょいと片手を挙げてこちらに声をかけてきた。幸いクラハは目が良いので、遠くからでもそれが誰だかわかる。

自身の所属するパーティ、〈次の頂点《フューチャー・プラン》〉に所属するベテランの弓士、ホランド。

「自主トレですか」

駆け寄って、クラハは訊く。パーティの仕事は一日オフ。だから、自分と同じく向こうもそうだろうか、と思って。

けれど、いいや、とホランドは首を横に振って、

「そんな大したもんじゃねえよ。うちのガキどもが最近太ったとかなんとか言ってるから、ちょっとばかし付き合ってるだけだ。……ああ、近くにはいない、いない。途中で脱落してんのに気付かなくてよ、置いてきちまったんだ」

んで今は待ちぼうけ中、と。

彼は笑って言った。

「結構汗かいてんな。どんくらい走ってる？」

「毎日最低、一時間は」

「短距離は？」

「ターン有りで十本ダッシュを、距離を変えて五セットやって、そこからは日によってです。今日は身体強化系を使わずに坂道を十本の予定で」

うん、とホランドは頷いた。

「いいな。足が動く冒険者はいい冒険者だ……って、俺なんかに言われても嬉しかねえかもしらんが」

「いえ、そんなこと！」

両手を振ってクラハは強く否定する——けれどそれは、単にホランドの自虐の言葉を打ち消すためだけではない。

『この努力』を褒められることに、後ろめたさがあったから。

それを知ってか知らずか、ホランドはその返答を軽く受け流して、

「身体は壊さねえようにな。大抵は教会にかかれば治ることには治るが、それでも一回どっかやっちまうと、どうしても腕のいいのにかからないと再発が……っと、噂をすればだ」

「え？」

彼が指さした方を、クラハは振り向いて見る。

「教会の馬車……」

「だな。しかもかなり位が高い……枢機卿でも乗ってんのか？」

真っ白な馬車だった。

それを見れば、この国に住んでいる人間なら――それどころか、この世界で暮らす人間であればおおよそ誰でもわかる。どこに所属する人間が乗っているのか、何の団体が所持するものなのか。

大陸全土に広がる最大宗教である、ラスティエ教の目印だからだ。

そして二人の視線の先にあるのは、しかしいつも街で見かけるような司祭の乗り物とは違う。精緻な彫り込みを施され、明らかにその中にいる人物が高位であることを窺わせている。

「どうしたんでしょうね。こんな朝から」

「まあ、教会信徒の朝が早いのは今に始まったことじゃねえが……嫌だね。なんだか厄介事の香りでよ」

ああいや、とホランドは思い直したように、

「――ひょっとすると、とうとうバレちまったのかもな」

そう、不安の混じる声で、呟いた。

「……そのときは、教会じゃなくて騎士団が来るんじゃないですか」

「教会だって聖騎士団は持ってるさ」

「でも、あれは滅多なことでは動かないんじゃ……」

「どうだかな。滅王の復活を防ぐだとか、そんな名目で遠い昔に作られたらしいが、今となっちゃ……」

そのとき、ふとクラハの視界に、ふたりの人間が入り込んだ。

驚いてその方向を見る——が、何ら不思議なことはない。それは、若い男女。どことなく今、目の前にいるホランドの面影を残している、自分と同じくらいの年の姉弟だった。

「……クラハの言う通り、俺の考えすぎかもな」

そう言って、ホランドは立ち上がる。

へとへとの状態で顎を上げて走ってくる二人に、「遅《おせ》えぞー。運動不足どもー」と手を口の横に当てて声掛けをする。

「いや、パパが、速、すぎっ、」

「てか、なんで僕、まで……」

「最近よ、」

クラハにしか聞こえないような声で、低く、微かに、ホランドは言った。

「綺麗で正しいものが、怖くて仕方ねえ……。いつか、何もかもが台無しになる気がすんのさ」

クラハは。

その言葉に対する応え方を、知らなかった。

「……変なこと言っちまったな」

くしゃり、と泣きそうな顔でホランドは笑って、

「自主トレ、頑張れよ。お前ならなれるさ。……少なくとも、俺よりずっと、上等な冒険者に」

ホランドさん、とクラハが呼び掛けるのを待たなかった。

彼はふたりの子どものところへと駆けていく。

そして姉弟は、父の姿に安堵して、前のめりに倒れ込む。

そのふたりを抱きかかえたホランドは、背中だけでも、笑っていることがわかる。

「――――、」

だから、クラハは。

それに声をかけることもできず、踵《きびす》を返すほか、なかった。

向かった先は、街の外。

初めは、何かに急かされるようにして。途中からは、何かを振り払うようにして。

辿り着いたのは、森の中。

誰にも見咎められない場所。

それは、これから人通りの多くなっていく朝焼けの街ではとても剣や弓を振りまわしてのトレーニングはできなかったというのもあるし……。

それから同時に、逃げ込んだという側面も、隠しようもなく存在していた。

没頭して二時間。吐いた息が草木を濡らしてしまいそうなくらいの疲労と体温。震える膝に手をついて、背負っていたバックパックをどすんと地面に下ろす。頰を拭えば、水に触れたようにさらりと拳が滑る。長い長い走り込みの終わり……バッグの紐を解いて、中の水筒を取り出して、それに口を付けると勢いよく傾ける。

ぷはっ、と飲み口から唇を離せば、胃に降りてきた冷たさがまた少しだけ、彼女の理性に問いかけてくる。

こんなことをしていて、いいのかと。

「…………」

視線は、足元へと落ちていく。赤茶けた落葉がはらはらと散り敷かれ、いまこのときにも白く色褪せ続けている。

時は流れていた。

何も、できないまま。

あの迷宮で彼に背を向けてしまった瞬間から、それでも、時は。

たかだか必死の努力をしたくらいでは、埋めようもなく。

どうすれば、何を以てすれば埋められるのかも、わからないままで——。

「……ん？」

その思考が、視線とともに土の下に沈み込んでいってしまう直前。

不意にクラハは、周囲に漂う違和感に、気が付いた。

人の気配がした。

走り込みを終えて辿り着いた、この自主練の場所……そこに、いつもはないはずの人の気配が、ある。

それも、一人や二人ではない。

たくさんの。

そしてそれらは、近付いてきている。

そんなはずはない。そう思いながら、しかしクラハはその身を隠した。周辺一帯は鬱蒼とした森である。夏の濃い匂いはすでに風に浚《さら》われてしまったが、しかしいくらでも彼女の細身を誤魔化すだけの木々は残っていた。

通りすがりがそのあたりにたむろしているわけでは、絶対にない。

そう、彼女は断言できる。

だって、街外れのこの場所にあるものなんて、名前を挙げるとすれば一つしか——、

「これが最高難度迷宮ですか……」

「——！」

遠くから聞こえてきたその声は、確かに『通りすがった』人間の出すニュアンスのものではなかった。

クラハは息を潜める。

話の続きが聞こえてくる。いくつもの声が混じって。

「ああ。〈二度と空には出会えない《アビス》〉——Sランクの冒険者だけに攻略の許された、この国最後にして最大の秘境だ」

「傍から見るとそれほどじゃあなさそうですけどね」

「おい、油断なんかするなよ。これまでの冒険者たちが三層より先に進めなかったほどの場所だ」

「冒険者たちが弱かっただけでは？」

「聖騎士の位に慢心するようなら、見習いからやり直せ。新人」

聖騎士？

彼らの会話に、大きな疑問をクラハは覚えている。

聖騎士団——教会が保持している武力部隊。そのくらいのことはクラハも知っている。そして彼らが、ひどく限定的な使い方をされることも。

ありえないのだ。

聖騎士団が、迷宮攻略に出張ってくることなど、絶対に。

何が起こっているのかはわからない。

しかし、何かが起こっているということだけは、確かにわかる。

これまで〈二度と空には出会えない〉に聖騎士団が来ていたなどという話は、一度も聞いたことがない。そしておそらく、表沙汰になるならないに関わらず実際に一度もそうしたことはないはずだ。もしそれがあったとしたら——自分たち〈次の頂点〉が踏み込んだとき、欠片でも人間の通った跡を見つけることができたはずだから。

いったいなぜ、と

思考を巡らしている、途中のこと。

「聖女様！」

そう、声が聞こえた。

思わず、クラハは木陰から僅かに身を乗り出した。

だって、信じられない。

ラスティエ教の組織図上は枢機卿と同格——権威上はそれに勝る存在。国を跨いで教会全体にたったの四人しか名乗ることを許されていないその称号。

聖女。

顔すら、一度も見たことがないその人が。

「あ、いいですよー。全然、楽にしてもらって。私、そういう感じの人じゃありませんから」

確かにそこに、いた。

あまりにも美しい、とクラハは思った。

ほっそりとした長身。それに見合うだけの長さを持つ髪は、陽の光を受ければ陽の色に染まって、白金めいた輝きを放っている。

顔は知らない。

けれど、その姿だけで、これがその人なのだろうとクラハにもわかる。

「細かいことはアーちゃ……隊長さんに任せますから。私のことは便利な傷薬とでも思ってもらえれば」

「聖女様、そのような……」

「まあまあ。気楽に、気楽に」

「あ、あの！」

思わず、だった。

クラハは、完全にその木の陰から、飛び出してしまっていた。

聖騎士団の動きは、速かった。

何者だ、の誰何《すいか》もない。馬車の周りにいた一人が、矢を番《つが》えた。もう一人が、呪文の詠唱を始めた。

「こらこら」

それを、聖女が止めた。

「やめましょうよ。ただ話しかけてきただけの女の子にそんな大げさな……」

「し、しかし！」

「余裕を持って生きましょう。のんびり、のんびり」

「……だ、そうだ。お前たち。物騒なそれは一旦しまっておけ」

彼女の声は、場違いに思えるくらいに穏やかなものだった。

しかしそれで毒気を抜かれたのか……あるいは、彼女の言葉に従うように言ったのが、彼らのうちの隊長格なのか、すでに戦闘態勢に入っていた聖騎士たちも弓を収め始める。

それで、と聖女は、クラハを見た。

「どうされました？」

ひょっとすると、とクラハは思っていた。

あれから〈次の頂点〉は、この迷宮への再挑戦の気配をまるで見せなくなっていた。三ヶ月が過ぎて、クラハもうっすら理解しつつある。

あのパーティは、きっともう、この迷宮に入らない。

あの日下層に落ちていったあの人は、きっとずっと、その場所で遺骸を晒し続ける。

だから。

それでも。

「な、仲間が……」

クラハは、言った。

「仲間が、その迷宮の中で、死んでしまったんです。下層の方に、落ちていって……」

ゴダッハの糾弾をすることは、できない。

たとえ目の前の聖女にそれを訴えかけたところで、自分の他にそうと証言する者がいないなら……役職も何もない見習いの自分と、Sランクパーティを率いる彼の言い分のどちらが信憑性を高く評価されるか、そのことを想像できないはずがない。あのときゴダッハから言われたことは間違いなく真実だ。そのことは、わかっている。

でも、このことだけは。

誰かに、託したかったのだ。

「もし、それができるなら——骨の一つでも、拾ってきてはいただけませんか。お墓だけでも……作って、あげたくて」

「貴様、聞いていれば勝手な——」

「構いません」

前に出ようとした若い聖騎士を、再び聖女が押し留めた。

「大切な人だったんですか？」

「……話したのは、ほんの短い間だけでした。でも、あんな風に、死んでいい人じゃなくて……」

希薄な縁だ、と自分でもわかっている。

彼がゴダッハの故意によって殺されたこと……それを伏せて伝えれば、死のリスクを常に背負って活動する冒険者にしては甘えた考えだ、と見られることもある。そのことを、理解していた。

それでも、クラハは深く、頭を下げた。

「お願い、します」

そのくらいのことしか、できないから。

そして聖女は、それに応えた。

「約束はできませんけど……見つけたら、確かにそのとおりにしましょう」

そんな、真っ直ぐな、偽りのない言葉で。

「聖女様！」

「いいじゃありませんか。大した手間がかかるわけでもありません」

「しかし……！」

「……仕方のない方ですね」

「まあまあまあ。人の望みは、できるだけたくさん叶った方がいいじゃありませんか」

はいはいはい、と聖女はそれで話を切り上げてしまう。

それじゃあ張り切っていきましょう、と聖騎士たちに声をかける。そして彼ら彼女らも、聖女の声に押されるがままに、迷宮の入口へと向かっていく。

一度だけ、聖女は振り向いた。

それじゃあ、と呟いて、クラハの目を見て。

そして、こう言った。

「行ってきます」

だから、クラハも大きな声で応えた。

「き、気を付けて……、無事に、帰ってきてください！」

ありがとう、と聖女は言う。

ごく普通の人間のように、軽く頭を下げてみることすらもする。

しかし、彼女は最後、その穏やかな口調のままで、こうも言い残した。

「大丈夫ですよ。お姉さん、結構強いらしいですから」


ところで実はその澄まし顔の聖女も想像を絶するほどの方向音痴であり、その三時間後――いや、これ以上は言うまい。

攻略は続く。

†

「……人？」

「あ、はい。人です」

人だった。

薄らぼんやりとしか見えない……なんだか白くて細長いものがいきなり出てきたくらいにしかジルには捉えられなかったし、てっきり真っ白い花でも咲かせた植物系の魔獣が自分に攻撃を仕掛けに来たのかと思った。

だから剣を抜こうとして――しかしそれより先に「おわ」とその白いのが言うのを聞いたので、かろうじて手を止めることができた。

「というか、人以外に見えますか？　ちょっとショックなんですが……」

「ああいや、申し訳ない。眼鏡をなくしたもんだから、よく見えなくて」

「そうなんですか。それじゃあ、この指。何本に見えてます？」

「三十八」

「あらま。結構眼鏡がなくて困ってる感じですね」

ちなみに正解は四本です、と女は言った。

そう、それは穏やかな……女の声だった。

いったいどういうことだ、とジルは思う。

まだ警戒は解いていない。

曲がりなりにも――いや、曲がらずそのまま最高難度迷宮なのだ。普通の人間が入ってこられる場所ではない。Sランク冒険者たちだってすべての人員を取り揃えて十分な準備をしなければ、とても中には踏み込んでこられないはずの場所なのだ。

それが、どうもこの目の前の人物はたった一人でこの場所にいるように思える。

少しだけ目を瞑《つむ》って辺りの気配を探る……しかし、精々が五十歩行った先に魔獣の吐息が聞こえる程度。

たった一人で、この迷宮に入ってきた女。

魔獣は言葉を話さない——だから、少なくとも迷宮の用意した罠ということはないと思うが。

得体が知れない。

だからジルは、目の前の彼女から注意を逸らせずにいた。

「あー……。なるほど、これかあ」

が、女の方はそうではないらしい。

ジルにはまるで頓着しないとでも言いたげに、背中を向けて、地面の上に屈みこんだ。無防備な背中——たぶん背中なんじゃないかと思う——いつでもこちらの必殺が通る、そんな姿勢。

少なくともこちらに対して敵意はないのだろうか。

慎重に思考しながら、さらにジルは訊ねる。

「これ、っていうのは?」

「この床にある……靴の裏で触ってもらえればわかると思うんですけど」

ほら、と手招きしているように見えなくもない。

訝しがりながらも、まあどうせこれ以上悪くなることもないか、罠だったら発動してからジャンプして避ければいい話だしな、とジルは彼女に導かれるがままに、それに擦り切れた靴裏で触れた。

そして呟く。

「……溝……？」

「魔法陣じゃないかなあと思うんですけど、どうですか？」

「どうですか、って言われても。純剣士なので何とも……」

「たぶん、これで跳ばされてきちゃったんですね。私、ここまで」

話が見えてきた。

「もしかして、この迷宮の攻略に？」

「そうです。教会の人たちに連れられて」

「それでもしかして、たった一人でこの場所まで迷い込んだ？」

「そのとおりですー」

「仲間だ！」

ウホホ、と歓喜の舞を披露しそうになった。

が、かろうじて残っていた理性が、彼のその恥さらしアクションをギリギリで引き留めた。もう三日ほど目の前の彼女と出会うのが遅かったら、おそらく完全に精神が野性に返りきって、躊躇《ためら》うこともなかったはずである。間一髪だった。

「そうか……。あなたも、いきなり階層主との戦闘中に仲間から背中を刺されたんだな。同情するよ」

「いや、違いますけど……。何の話ですか？　たぶん私は転移罠にかかっただけだと思います。詳しくないですけど、あるんでしょう？　前に冒険小説で読んだことがありますよ」

「え、ああ。そうなんだ……」

「なんで意気消沈してるんですか」

　というか失礼な、と彼女はむすっとした声を出す。

「私と一緒に来た聖騎士団はちゃんとお仕事してくれましたよ。今まで到達した人のいなかった第四層とかいうところまで連れて行ってくれて……。私が鈍くさくて、一人だけ罠を踏んじゃったみたいですけど」

「聖騎士団？」

　その言葉をジルは拾って、

「冒険者じゃないのか？」

「いえ。……話していいのかな。…………話しちゃうか。実はですね。ここには私たち、調査に来たんです」

「迷宮のか」

「そうです。三ヶ月ほど前に、このあたりで強烈な……禍々《まがまが》しい空気を感じたと、口々に教会幹部の方々が仰《おつしや》って。私はそのときお昼ご飯を食べ過ぎて寝込んでいたのでよく知らないんですが」

道理で背が高いわけだ、と思いながらジルは頷く。

目の前のシルエットや声の出てくる場所から察するに、彼女の身長は自分よりはやや低いが、しかし女性の平均よりもだいぶ高いように思われる。よく食べてよく伸びたのだろう。

「なるほどな……。ところで、いきなり図々しいお願いなんだが」

「なんでしょう」

「教会所属なら、衛生魔法を使えたりしないか？　……その、見てのとおり雨の日の野良犬みたいな有様だから、できればかけてもらえると……」

「そう言ってもらえるのを待っていました」

にっこり、という声色で彼女は言った。

「私から言い出そうか迷っていたんです。ドブ沼のヘドロみたいな悪臭を放っていたので」

「ドブ沼のヘドロ」

「はい。ドブ沼のヘドロです。あ、でもあんまり気に病まないでください。誰だって、こんな場所で彷徨《さまよ》っていたらドブ沼のヘドロになっちゃうに決まってるんですから。自然なことですよ。ドブ沼のヘドロは……」

心の表面に若干の引っかき傷をつけられながらも、「お願いします」とジルは頭を下げた。「お安い御用です」と彼女は言って、ぺたりと彼の腕のあたりに触れると、魔法をかけた。

ぱあ、とジルの視界に真っ白い光が広がる。

それが消えれば、自分の鼻先に常についてきていた臭いも、綺麗さっぱり失せている。

「ありがとう。助かった」

「…………もしかして、呪いがかかってます？　目のあたり、ふたつ」

「——そこまでわかるのか？」

その問いかけに驚きながら、頭の中でジルは確信していた。

間違いない、と。

それほど習得自体は難儀ではない衛生魔法とはいえ、その効果にはもちろん魔法の腕が出る。三ヶ月以上を野で暮らしていた自分の汚れを瞬く間に落とせるとなれば、かなり高位の使い手であることは間違いない。

「ごめんなさい。触れない方が？」

「いや、隠してるわけじゃないから構わない。それに、解呪の方法も見当はついてるから気を遣われなくても——」

そのうえ、呪いの有無をたったこれだけのやり取りで把握することができるなら。

教会関係者だということは、嘘ではなさそうだ。

素性の確かではない相手から魔法をかけられるというのは間違いなくリスクだったが、それを背負うに見合うだけの情報は得られた。

信頼を預けてもよさそうな相手らしい。

「――っと」

そのとき、風を感じてジルは剣を抜いた。

抜刀から納刀までの間を、未熟な戦士であれば肉眼で捉えられもしない。高速の剣技。それが、死角から飛び掛かってきた魔獣を裂いた。

以前より剣技も、感覚も研ぎ澄まされている。

そのことがジル自身、よくわかる。

「すごいですね、今の」

感心したように彼女が言った。

「聖騎士の人たちより……強い、ですよね？　みんなはもっと手間取ってたし……」

これだけが頼りだから、と応えながら、ジルは辺りの気配を探る。

まだいくらか、自分たちを狙っている魔獣たちがいる。

「とりあえず、少し落ち着いた場所で話そう。俺の普段使ってるセーフエリアがあるからそこに……って、初対面だから、信用しづらいかもしれないけど」

「いえいえ。いいですよー。連れてってください。ぜひぜひ」

「……？」

思いのほか反応がいいことにジルは疑問を覚えたが、しかし彼女の気が変わらないうちに、と先導して歩き出すことに決めた。

「ここからすぐだから。五分もかからない」

五時間後。

「……足、パンパンになっちゃいました」

「……いや申し訳ない。なんと言ったらいいのか……」

水辺に、ふたりは座り込んでいた。

何もズボンをそのまま浸しているわけではない。以前にジルが狩り獲った巨蟹の甲羅——それを椅子代わりにして並んでいた。

隣で足を揉みながら、女が言う。

「改めまして、私、教会所属のリリリアです。リが多すぎるとよく言われますー」

「俺はジル」

「同じ命名法則に従うとジルルルさんになりますね」

「本当にそうか？」

リリでもリアでも好きなように呼んでください、とリリリアは言った。

ので、ジルはリリリアと呼ぶことに決めた。

「ところで、俺の側の事情なんだが……」

「あ、なんとなく聞いてますよー」

「え？」

「さっき、この迷宮に入って来る前に……灰色の髪の、ちょっと背の低い、可愛い女の子。その子からあなたのこと、頼まれてたんです」

記憶を探る。

クラハか、と思い至って、

「そうか。まだ俺のこと覚えて……」

どう考えても見捨てられているだろうな、と思っていた。

もしも自分が逆の立場だったら――歴代のSランクたちが進めなかった領域へ一人で落とされた人間が数ヶ月も帰ってこないと聞いたら、絶対に死んだと諦めていただろう。

それでも、俺の生存を――

「骨でも拾ってきてくれって」

「……いやまあ、そうか。そうだよな」

そりゃそうだな、とジルは自分を納得させた。

自分ができないことを他人に求めてはならない――そんな考えを、心の奥の方にぺたぺたと貼り付けて。

それから、まああのパーティで唯一自分が約束をした相手が多少なり自分のことを心配してくれているらしい……それだけでいいじゃないか、自分には結構人を見る目があるってことじゃないか。

そんなプラスなんだかマイナスなんだかわからない、ぽやぽやした思いを頭の中に巡らして。

「でも、なんでこんなに奥の方に？」

するとと、リリリアがそう訊いた。

「たぶんここ、第四階層より上ではないですよね？　一人でどうしてここまで……」

「いや。実はそれが、結構底の方まで最初に叩き落とされたんだ」

かくかくしかじか、とジルはこれまでに自分に起こったことを説明した。

「そしてゴリラとしての人格に支配されかけてウホウホ言いながら歩いていたら突然目の前にあなたが現れたというわけで……」

「ゴリラって言う割にジルくんってかなりシュッとしてますよね」

「旅をしてると身体をでかくするのが難しいんだ。安定的に大量の食事は得られないし、それに蓄えたものをすぐ使ってしまうから……」

そんなことはともかくとして、

「その人、ひどいことしますね」

改めてリリリアは、その点に怒りを表明してくれた。

「ここから出たら、抗議しに行きましょう。お姉さんもついていってあげますよ」

「はは、どうも……お姉さん？」

はい、とリリリアは頷いた。

「こう見えて……って、よく見えてないんですよね。私、二十歳は超えてますから」

へえ、とジルは頷いて。

それから、考えた。

敬語を使うべきだろうか。

冒険者相手には──つまり、戦闘の場に出てくる人間に対しては、敬語を使うつもりは一切なかった。これは師匠からの教えでもある。

理由は三つ。

一。ナメられるから使うな。

二。緊急時を想定するなら、敬意のために使われる言葉はノイズになる。

三。ナメられるから使うな。

しかし、目の前にいるのは正確には冒険者ではない。ただの教会の関係者なのだ。しかも年上。

飯屋の店員相手に「どうも」「ごちそうさまでした」「美味しかったです」を欠かさないジルとしては、これは何とも心苦しい感じがしないでもない。

しかし実際、緊急事態に「ですます」に拘《こだわ》って情報の伝達が遅れるというのも馬鹿らしい話ではあるから……、

「あの、敬語使った方がいい、ですか……」

直球で、訊いてみることにした。

「ううん。全然大丈夫ですよ」

しかし、彼女は笑みを含んだ声で、

「なかなか年下の男の子にナメた口を利かれる機会ってありませんから。新鮮な気持ちですよー。これはこれで、結構いいかも」

「……いや本当に、すみません」

全く人の表情が見えないというのが、これほど怖いこととは思わなかった。

だからジルは、言い訳のつもりで自分の言葉遣いの意図を説明する。違うんです。これは効率を重視しただけで……。

「じゃあ、私もナメた口利いちゃおっと。わー……すごく新鮮」

結局、そう言ってリリアも、納得してくれた。

たぶん。

それで、と話を戻して、

「結構下層の方に落ちてきたみたいだ。で、いつまで経っても地上に戻れない。結構上ってるはずなんだけどな……」

「ふんふん。それじゃあ、私たちは上を目指して進んでいかなきゃいけないわけなんだ。……ジルくんって、結構強かったりする？　よね？　一人でここで生き残れるんだし」

まあまあかな、と苦い顔でジルは答えた。

「そのへんの雑魚には負けない……けど」

「けど？」

「階層主っていうのがいて……わかるかな」

「わかるわかる」

「ここのが倒せないんだ」

恥を忍びながら、彼は言う。

「次の階層に繋がる道がそいつで塞がれてて……。眼鏡があれば、と思うんだが」

「あれば倒せるの？」

「たぶん。弱点が見えないから、刃が通らないんだ。無理やり通そうとすれば剣の方が折れかねないし……こんなのは言い訳だけれど」

ぐ、とジルは拳を握る。

「もっと技術があれば、無理矢理押し通れる。だからしばらくはここで停滞して……改めて修行していたんだ。ちょうど水場だから、飲むものには苦労しないし」

「水場？」

「ん？」

怪訝な声を上げられて、怪訝な気持ちになる。

「ここのこと、ジルくんは水場って認識してるんだ……？」

「そうだけど……え、怖いな。やめてくれ。何だよ」

「へえ……この液体を、水って……」

三秒、間が空いた。

じゃぽ、と一度、彼女が水を掬う音がした。

「へえ……そうなんだ……」

「やめろ！　不安にさせるな！　どうなってるんだここの水は！」

「いや、まあ……後でお腹の中も綺麗にしておこうね」

「クソッ、急に腹が痛いような気がしてきた……！」

それは気のせいだと思うけど、冷静にリリリアは返して、

「でも、そっか。それじゃあその階層主っていうのを倒さなくちゃいけないんだ」

「そうだな、とりあえず」

「よし」

よいしょ、と言って彼女は立ち上がる。

「じゃあ今から行ってみようか」

「……まあ、確かに。とにかく挑み続けないことには道は、」

「ノンノン」

ちっち、と彼女は唇を鳴らして、

「すんなり勝たせてあげましょう」

「は？」

「大丈夫大丈夫。任せておきなさい」

にっこり、という声で。

「お姉さん、結構強いらしいんだから」

「…………」

口元に手を当てて、少しだけジルは考えた。

彼女の言うことを信じるべきか否か、ということを。

その答えを出すまでに、それほど時間はかからない。

「……そうだな。そこまで言ってくれるなら、行ってみようか」

単純な話。

信じる、信じないの問いを簡単に無効化できる行動。

実際にどうなるかを、確かめてみればいいのだから。

彼女に合わせて、立ち上がる。

そこからは、おそらく最短で行ってしまえば、十分そこらで着くはずの道。

つまり。

「普通、何回も行ってる部屋だって言うならもうちょっと簡単に辿り着けない？」

「いや、目印を一つも覚えられないから……」

「でも普通、道順とかさ」

「………」

徒歩三時間。

すみませんでした、と言いながら素直にジルは頭を下げた。

まあいいけど、とリリアはそれを許して、

「ここが主部屋ね」

初めて見たなあ、としげしげ眺めたあと。

それじゃあ、と彼女は、

「迷える男の子には魔法をかけてあげましょう～」

「……強化魔法か？」

「そうそう」

「いや、でも……」

少し忍びなく思いながらも、ジルは言う。

「たぶん、効かないと思うぞ」

「どうして？」

「これでもかなり内功は鍛えてるんだ。今さら外から身体強化をかけられても、たぶんほとんど効き目がない」

ふっ、と笑い声が聞こえて、

「まあ任せなさい。君を本物のゴリラにしてあげよう」

「あと、単純にそれをしても意味がないから」

へ、と彼女が言うのに、

「力自体は今でもかなりセーブしてるんだよ。問題は、こっちの剣――これが俺の力に耐えられないってことだ」

「安物？」

「正直」

ひょい、とジルはそれをリリリアに見えるように掲げる。

「なんでそんなの使ってるの？」

「いや、ちゃんと当てるところを選べば問題ないんだ。ただ、今は……」

「眼鏡がないから」

「そう。……それにどうせ、力任せにぶっ叩いたらどんな剣を使ってても同じだから。結局砕けるなら、すぐに替えの利くやつがいい……これも前の剣が折れた後、間に合わせに適当に買ったやつだし」

ふーん、とリリリアは言って、

「何回くらい？」

「え？」

「それ、何回くらい使えばその階層主っていうやつ、倒せる？」

ああ、とジルは頷いて、

「一回」

「え」

「全力で振っていいなら、それで終わる……そうすると武器がなくなるから、これから先の攻略が難しくなるんだけど」

「すっごい自信だね」

「何回か感触は確かめてるからな。単純に事実だ」

ほほう、と面白がるように彼女は言って、

「じゃあ、おまけで二回分ね。

――〈強くてすごい、絶対折れない魔法の剣〉」

ぱあ、と剣が光った。

「――――え？」

「神聖魔法ですとも」

「……ラスティエ教の聖典に、そんな言葉あったんだっけ」

「子ども用読み聞かせ教室の本にはあるみたいだよ。私はそれで覚えちゃったから」

さあさあ、とリリアはジルの背中を押す。

「最強の聖剣――とは言わないけど、なんちゃって聖剣くらいにはなったから。後はその宣言通り、一振りで決めちゃってくださいな、お兄さん」

確かに、とジルはその剣を握った。

旅の中で、聖職者と幾度か連携を行ったことはある。そのたびに、こうして神聖魔法によって武器強化をしてもらったことも。

その経験と、今この手の中にある感覚が告げている。

これは、別格だ。

自分の力にも耐えられる、と。

「――かたじけない。恩に着る」

「わはは。三百年前の騎士か君は」

若干嘲笑混じりの反応に顔を赤らめながら、ジルは扉を開く。

その瞬間、部屋の中から溢れ出る魔力が、ぶわりと二人の顔に吹き付ける。

「ゴアアアアアッ!!」

四足の魔獣が、再び吼《ほ》えた。

ジルを――この卓越した剣士を幾度も叩き返してきた大いなる魔獣。いまだ彼はその正体すら知らない巨大な存在が、魔力を放ち、威圧していた。

「――え」

そのときジルの後ろ。

呆気に取られたようにリリリアは、声を上げていた。

「あれ、外典の〈ナイトメア〉――――？」

しかしその呟きを、ジルは聞かない。

魔獣の吼え声すらも、耳には入っていない。

剣の柄に手をかけながら、彼もまた、呟いている。

「……正攻法と言うには、まだ不格好だが」

いつまでも足踏みはしていられないからな、と。

彼は胸の前に、それを掲げて。

「叩き潰させてもらう――――！」

「ゴォオオオアアアアアアッ!!」

奔《はし》った。

風すらも彼には追い付けない。

フィールド上の凹凸の全てを、彼の脚力が平地に変えていく。

焦げ付いていく。

この迷宮を、一筋の稲妻が走っていく。

それは、巨蟹を屠ったときのような、鋭いそれとはまた異なる。

斬るのではなく、破壊する。刃筋を通すことを考えていない。切断に対する拘りが、まるで感じられない。

「己の未熟が、嫌になる――――！」

ただ。

叩いて殺すだけの、力業。

「未剣――――〈爆《は》ぜる雷《いかづち》〉！」

一撃だった。

宣言、通りの。

目も眩むようなスパークが瞬間的に、数百度も明滅する。

魔獣の声は、声にならない。

断末魔の叫び――それもたった、数秒で止み。

攻撃を終えたジルが、上空から降ってきてごろごろと着地して――キン、と納刀した瞬間に。

ばしゅう、と。

魔獣の身体から、魔力が霧として、噴出した。

それは確かに、決着の合図。

「……修行が足りないな、俺も」

小さく、剣士はそう呟いた。


「おぉおお〜」

そんな感傷はお構いなく、パチパチ、と拍手しながら、リリリアは近付いてきた。

「大丈夫だった？　それ。ちょっと思った以上だったから、コーティング弱かったかも」

「いや、」

ぽんぽん、とジルは剣を叩いて、

「大丈夫そうだ。……びっくりした。あの技……技ってほどでもないけど、あれを使って剣が折れなかったのは、初めてだ」

「よかったー。私、口だけの人になっちゃうところだったよ」

いったい何者なのだろう、とジルは思っている。

これほどの強化魔法の使い手――並大抵の教会関係者ではあるまい。司祭というのでもまだ弱い。大司教、枢機卿……一度も会ったことはないが、目の前にいるのは、それくらいの相手なのではないか。

それほどの地位に就いている人物がここにいること、また、これほどの若さであるということには疑問がないでもないが――しかし、後者については実は、それなりに説明がつくとジルは思っていた。

　彼女の言った『二十歳は超えている』というのは、下限を示したに過ぎないのだ。

　実際には声と話し方が若くて可愛いだけの、年季の入った老婆という可能性だってありうる……。

　んなわけないだろアホか俺は、と平時のジルだったら切って捨てるようなアホな考えだが、しかし今このとき、彼は本気でそんなことを思っていた。それほどリリリアのかけた強化魔法は熟達したものに思われたし、あとここで野生に帰っている間に彼はちょっとアホになっていた。

「それにしても、これ……」

　そんなアホはそっちのけで、リリリアはたったいま討伐された魔獣の傍に寄って、何らかの観察を行っていた。

　もう動き出すとも思えないが……一応、ジルは彼女をいつでも守れるように、傍に立つ。

「そもそもこれ、何の魔獣だったんだ？　シルエットがぼやけて、結局最後までよくわからなかったんだが……」

「馬」

「馬？」

「そう。……でもこれは、それだけじゃないような……」

「……？」

何やらリリリアは悩むような素振りを見せていた。

ジルもその悩みに同調しようと試みたが、しかし魔獣の姿すらよく見えないのではいまいち効果も現れない。

結局、「まあ、とりあえずはいいか」とリリリアが言った。

「これで、先に進めるんだよね。あ、あの扉か」

「あ、ごめん。その前に」

歩き出そうとする彼女を、ジルが止めた。

言わなければならない、と思っていたのだ。

「ん？」

「俺、方向音痴なんだ」

はあ、と戸惑ったようにリリリアが首を傾げたらしいことが、ぼんやりとわかった。

「……それで？」

「結構この階層の中はよく探したし……多分この先の扉を出たところが上層への階層通路だと思うんだが」

「ふんふん」

「……正直に言うと、あんまり自信がない」

だから、ちょっと助けてくれないか、と。

素直に彼は、お願いをした。

「道が間違ってそうだったら、言ってほしいんだ」

「なんだ。そんなこと？」

あっけらかんと、彼女は応えた。

「もちろんいいですとも。これからはふたりで進路決めね。任せておきなさい。お姉さん、地図帳とか見るの結構好きだったんですから」

「そうか。助か……地図帳？」

ええ、と彼女は頷いて、

「私、あんまり家から出ない……年に二回とか出ればいい方なんだけど。あ、これ別に、変な話じゃないからね？　単に私が上げ膳据え膳でだらだらするのが好きで、それを許す環境も周りに整っているからとか、純粋に家の中にいるのが好きなインドア派だとか、そういうのなだけの話で……」

「……はあ……そうなんですか」

「でも、人より旅行記とか、ガイドブックとか見るの好きだから。大丈夫大丈夫。イメトレ上手なんだよ！」

あの、とジルは不安になって、

「本当に大丈夫なのか？」

「平気平気〜。本当は旅行とかお出かけとか結構苦手だったんだけど、ここは人がいないし静かだから、そんなに大変なこともないしね。広いのと見慣れない場所ばかりなのはちょっと嫌だけど……。どーんと大船に乗ったつもりでいなさい！」

ジルはかつて、師匠に騙されて乗った豪華客船の道行きの途中で、馬鹿みたいな数の巨大イカ魔獣と死に物狂いで戦わされたことがある。

不安になってきた。

しかし不安になったところで、彼が安心を覚えるための手段はたった一つしかないのだ！

「……そうか！　なら大丈夫そうだな！」

「そうそう！　大丈夫！」

人はその手段を一般的に、『開き直る』と呼んでいる。

そうして剣士と聖女は部屋を出て行く。十字路の分かれ目で、二人は立ち止まって、

「どっちだと思う？」

「俺の勘だと……左かな！」

「おお！　私もちょうどそう思ってたんだよ！　私たち、結構気が合うのかもね！」

そうして二人はドスドス、と己が道を爆走していく。

戦闘力は二倍。

馬力も二倍。

よって彼と彼女はそれから一月の間に――なんと五十階層分を下ることができた！
下ることができた。
下った。
冒険はまだまだ続く。

三章　失礼だねー、キミ

「全然地上に辿り着けないねえ」

「…………」

ガラガラガラ、と迷宮の奥深くに、地面を削る音が響いていた。

歩いているのは二人の男女――――正確に言うなら一人の男が歩き、それに女が引っ張られている。男の腰には紐のようなものが巻き付けられていて、その先は巨大な蟹の甲羅に繋がっている。

その甲羅の上で三角座りをしながら、女は言った。

「大丈夫？　私、重くない？」

「いや、大丈夫。これもまた修行になる」

「それ重いってこと？」

「本当は全然修行になってない。全身から刻一刻と筋力が失われていくのがわかる」

よろしい、と言って女は微笑んだ。

それからまた、思い出したように彼女は言う。

「結構上ってると思うんだけどなあ……。すごく深いんだね、ここの迷宮」

「…………」

「聖騎士団のみんな、どうしてるかなあ……。私がいなくなって、怒られてないといいけど」

「…………」

「流石にそれは虫が良すぎるかなあ？　うわー……帰ったらどう謝ろう。絶対みんな怒ってるよねえ」

「考えたんだけど、」

重々しく、男が言った。

「ん？　何、どしたの」

「その、気のせいかもしれないんだけど、そろそろ認めるべきなんじゃないかと思って」

「何が？」

勇気を出して、息を吸って。

彼は。

「――――迷っているんじゃないか、俺たち」

ずっと胸の奥にくすぶっていた疑念を、吐き出した。

だって、いくらなんでもおかしいんじゃないかと思う。

第三層から叩き落とされたとき、確かにその距離が長かったことは覚えている。

でも、ここまでじゃなかったんじゃないか。

いくらなんでも四ヶ月も進んでまだ地上に戻れないほど深くには、落ちてこなかったんじゃないだろうか。

過ちを認めるのは本当に苦しいことである――が、それを彼は、やり遂げた。

ひょっとすると自分たちは間違った道をアホみたいな速度で突き進んできたアホだったのではないか――その残酷な真実を受け入れる、覚悟を決めた。

「――ジルくん、知ってる？」

それに対して、彼女は。

「方向音痴はね、大きく分けると二種類があるんだよ」

いかにもしたり顔を浮かべていそうな声色で、言った。

「一つは、ごく純粋に間違った道を進んじゃう人たち――私たちは、これじゃないよね」

「……なぜ？」

「やだなあ。私たち、ここまで来る道をずっと勘で決めて来たけど、意見が分かれたことは一度もないでしょ？　まさか二人ともがそんな常に間違った道を選択し続ける致命的な方向音痴だなんてこと、ありえないよ」

そうだろうか。

すでに彼は、そのことにすら若干自信を失っている。

「そして、方向音痴の二種類目はね――――本当は合ってる道を進んでるのに、途中で不安になっちゃって、わざわざ間違った道に入っていっちゃう人」

「……俺は今、そうなりかけていると？」

そのとおり！と元気よく女は言った。

その声に釣られて飛び掛かってきた魔獣を、男が目にも止まらぬ速さで仕留めた。

「迷ってはいけませんよ、お兄さん。結果が出ないときにどれだけ踏ん張れるかが大事なんです。結局大抵のことは、最後まで粘ればどうにかなることが多いんですから」

「……最後まで粘って、何もなかったら？」

「何もないことを知ったと自分を慰めて、元の道を戻ればいいんだよ」

はあぁ、と彼は溜息を吐いた。

一理どころか二十五理くらいあるな、と思いながら。

迷っているのではないか、という懸念があるのは嘘ではない。

嘘ではないが、しかしここまで計百二十階層分の移動を繰り返した以上、今更引き返したところでいったい何になるのか、という思いも共にあるのだ。

この道の先に何もなかったとしても……引き返してから「やはりあの道で合っていたのでは……」と不安を抱え込んでいるよりは、行き着くところまで行き着いてしまった方が、ずっといい。

そう思うから。

「……勉強になります。リリリア先生」

「うむ。どんどん学びたまえ、ジル少年」

十字路の真ん中で、ふたりは立ち止まる。

どっち、と無言の間に互いが互いに問いかけて、

「右」「右！」

答えは同時。

がらがらがら、と甲羅とともに、ふたりは進む。

残念ながら、そっちが下層へ続く道。


「不味すぎて泣きそう」

沈鬱な顔で魔獣の刺身に向き合うリリリアの横で、思いのほかジルは涼しい顔をしている。

「水が美味い……俺はそれだけで十分だ」

「向上心のない人間が文明を衰退させていくんだよ、少年」

「壮大なスケールで貶《けな》さないでくれないか」

リリリアが旅に加わってくれたことで、戦闘力は間違いなく倍増した。

が、食糧事情は大して改善しなかった。

なにせ、そもそも食べるものが魔獣くらいしかない。

そのうえ、リリリアが使えるのも神聖魔法と衛生魔法がほとんどで、なんと小さな種火を起こす魔法すらろくに使えないときた。

「寝ぼけて使って、部屋を燃やしちゃったりしたら危ないでしょ？」

との彼女の発言を、初めジルは単なる苦しい言い訳（あるいは屁理屈）と取っていたが、実際に朝目を覚ますと辺り一帯がピカピカになっていることが四回程度あったために、おそらく本心から言っているのだろうと今は理解している。

ちなみにジルは、全くもって魔法を使えない。

例の巨馬を倒したときのように爆発を発生させることはできるが、あれはまた魔法とは少し異なる。単に力が溢れすぎて魔法と似たような現象が起こるようになったというのが実態に近い。当然、そんなものを調理用に使おうとしたら刺身が炭になるだけだ。

ゆえに、この二人はこのサバイバル生活の中、いまだに焚火すら起こせずにいる。

衛生魔法のおかげで、水だけは透き通るように清らかになってはくれたけれど。

「すごく疑問なんだけど、ジルくんって今まで旅してたのに、火起こしもできないの？」

「火を起こして野山が燃え広がったら危ないからな」

「いや、そういうところを込みで。だって、焚火もできなかったら普通、こういう暮らしはできないでしょ」

「本当のことを言うと、師匠から『二度とやるな』と厳しく言われて、やり方丸ごと忘れることにしたんだ」

「なんで」

「不器用だから」

ああ……とリリアは諦めたような溜息を吐いた。

ジルはそのことを大変遺憾に思うところではあったが、しかしここで「なんだその反応は俺を馬鹿にしてるのか」と混ぜっ返したところでろくな展開になるとは思えなかったので、こっそり一人で傷つくだけに留めた。

ぐびぐびぐび、と水を飲む。

ぷはーっ、と息を吐いて、嫌なことはすべて忘れる。

「水が……美味いな！」

「百回言ってるよ、この人……」

ところでこの迷宮の中には、当然時計などという親切なものは存在していない。

同時に、太陽も見えず、月も星もない。ダンジョン内部に満ちた魔力が淡い光を放つ——それだけが、この場所にある自然光。

だから、今が朝か夜かもわからずに、ふたりは適当に食事を摂っている。

眠くなったら寝る。そんな非常に素朴な生活を送っている。

「ごちそうさまでした」

「ごちそうさまでした。……はい、じゃあジルくん、手出して」

言われた通りに差し出せば、リリリアにその手をぎゅっと握られた。

スプーンやらフォークやら、そんな気の利いたカトラリーもこの場には存在しない。

一度だけ作ろうとは試みた。魔獣の骨を上手いこと加工すればそれらしいものが作れるのではないか、と。

しかしジルは自分の手元がどうなっているのかよく見えなかったし、リリリアはジルの刀を握ってから一秒で「うわあ！　滑った!!」と絶叫した。

というわけで、二人はいまだに豪快に、手づかみで魔獣の肉を生で食らい続けている。

「はい、じゃばじゃば〜。綺麗になりました〜」

「ありがとう。助かる」

「いえいえ〜」

よってジルも、食事の後にはこうして手に洗浄魔法をかけてもらっている。

だいぶ文明的になってきた、とジルは思っている。

たぶんリリリアはそうは思っていない。スタート地点がここだから。

「じゃあお姉さんは寝るけど……」

「食べてすぐに寝ると胃がおかしくなるぞ」

「寝たいときに寝ないと心がおかしくなるよ。ジルくんはまた、修行？」

「ああ」

「たまには休めばいいのに」

「いや。このあたりの階層主はもう自分の力だけじゃ厳しくなってきた。まだまだ力不足だからな」

「……へえー」

ぎくり、とした。

リリリアの声色が冷たかったから。

「あ、いや。そういう意味じゃなくて」

「やっぱり納得してないんだー。ふーん……」

この一ヶ月の間に、ぽつりと一言、溢《こぼ》してしまったことがある。

自分の力で決着をつけたかった、と。

悔しかったのだ。例の巨馬……長いこと自分の壁になっていたあの階層主を、結局リリリアの力を借りることで強引に突破してしまったことが。

自分の力量だけではあの巨馬を打ち倒すことができなかった……正面から試練を突破することができなかった。そのことがどうも、ジルの心にぼんやりと不満を残していたのだ。

そして、その一言を呟いてからのリリリアは、ちょっと怖かった。

「へえ～。じゃあ、余計なことしちゃったかな？」

「ごめんね？　そういうところ、気が利かなくて」

「いやー、残念だなあ。そっか。邪魔だと思われてたんだ」

「せっかくこうして、たくさん人のためになる魔法を覚えたのになあ」

「そっかー」

「ドブ水飲む？」

全部、穏やかな口調で。

考え出すとキリがないことだと、ジル自身、わかっている。

自分の力だけで、ということ自体が、そもそも自惚れなのだ。

自分の振る剣だって、どこかの誰かが作ったものに違いない。

それに、今こそ手元にはないけれど、眼鏡だって。己以外の誰かが作ってくれたものがあるかないかで自分の強さは随分違うし、今までそのことをどうとも思ってこなかった。

自分は誰かの手助けの下で、力を発揮できている。

あの巨馬を倒したときは、たまたまその手助けが目に見えやすい形になっていただけ。むしろ、自身の力が誰かに支えられたものであることを謙虚に見つめ直す、いい機会だった。

そのはずだと、今は思っている。

けれど。

「いや、別に人の手を借りるのがどうこうというわけではなくて、人の手を借りる以上、俺もその手を借りるに恥じないだけの努力をしたいというか、あとはほら、習慣というか、自己満というか……」

うっかり口に出てしまうことはある。

だいたい、どこかしら「俺が俺が」の気持ちを持っていないことには、ただの剣士がこんな場所まで流れ着いたりしないのだ。

「ふーん……」

「あの……す、すみません……」

「まあ冗談だけどね」

へらり、という口調でリリリアは言った。

「え、」

「ジルくん、かわいいってたまに言われない？　年に三回とか」

「いや、むしろ師匠からは『かわいくない』とか『クソ生意気』とか……」

「あー、それもわかる」

何をわかられているんだ、と困惑していると、

「年下の男の子をからかうのは面白いねえ」

しみじみと、リリリアが言った。

「……はあ、そうですか」

「あと、たまにジルくん敬語混じるよね。素直にそっちにしてくれてもいいのに」

「いや、まあ。どうしてもそっちが年上だから……」

「無理して敬語使わないようにしてるの、なんかかわいいね」

うふふ、とリリリアは笑った。

そうですか、とジルはもう一回言った。

そして心の中で、これ以上この場所にいると危険だ、と思っていた。

「早く寝てくだ……寝てくれ」

「はいはい。お邪魔しました」

おやすみ～と気の抜けた声でリリリアが言うのに、ジルもおやすみ、と返して、ずんずんと進んでいく。

そしておそらくもうリリリアに自分の声は届かないだろうという場所まで歩いていって、どっかりと座り込む。剣を身体の横に置いて、瞑想の体勢に入る。

ぐるぐると、身体の内部にある力を回すようにして。

今日は内功を洗い直そうと、そう考えて。

ぐるぐると。

ぐるぐると。

ぐるぐると、思考が。

「……まずい」

ぺち、と顔に両手を当てて、俯いて。

ジルは、絞り出すように呟いた。

「……好きになりそう………」

そして、ジルは思い出している。

女だけはやめておけ、という師匠の言葉を。

正確には、

――女だけはやめとけ。バツ五の俺が言うんだから間違いない。

こんな感じの言葉を。

五年前にそれを聞いたときには『バツ五の人間が言うことなんだから間違ってるだろ』とジルは思ったし、実際に口にも出していつもの五倍の苛烈さの修行を押し付けられもした。

が、しかし当時十四の彼にとって、己を導く師匠の言葉というのはそれなりに重みを持つものだった。だから『また妙な偏見を人生の真理みたいに言い出しやがったなこのオヤジは』と思いつつ実際に口に出しつつ、なんだかんだと言って女性関係はのらりくらりと避けて通ってきた。

避けて通れてきた。

それが今は、回避不能なのである。

三ヶ月をたった一人この日も差さない迷宮の中で不潔極まりなく極限状態で彷徨《さまよ》って――そこに現れた、気のいい感じのお姉さん。その人と二人きりで一ヶ月をすでに暮らしていれば。うっかりした拍子に『ああ、好きだなあ……』とか、そういうことをしみじみ思っちゃわないでもないのである。

今までは、こんなことはなかった。

三年前の毒竜殺しで師匠が腰を痛めるまで――「俺は秘湯巡りの旅に出るからお前は眼鏡屋でも探して散歩してろ」と言い残してジルに一人旅を許すまでは、保護者付きだったから。特に誰と親しくすることもなかった。大抵の人間は『あの男の弟子』として扱ってきたから、それ以上の進展はなかった。

一方で一人旅を始めてからは、すでに自分に先行して名前ばかりが一人歩きを始めていた。若くして竜殺しを成し遂げた大英雄。自分自身ではなく名前に近付いてくる相手に恋心の芽生えるはずもなく。定住すらしないで流れていけば、心の交流をする暇もない。

強いて言うなら「こんなガキが竜殺しぃ〜?」「本当かどうか確かめてやろうじゃねえか!」のお決まりの台詞とともに決闘を申し込んでくるような腕自慢の中に、それなりに友情を築いた少女もいた……が、所詮はそれも汗と涙の物語。

機会がなかったのだ。

そして今、機会が来ている。

食事の後にいつも手を握ってくれるお姉さんに心臓を締め付けられて、年相応に死にかけているのである。

「――――落ち着け。集中……！」

ふーっ、と細く鋭く、ジルは息を吐いた。

彼らが現在拠点としているセーフエリアの周りは、リリリアの神聖魔法によって簡易的な聖域化が施されている。街にあるような教会と同じく、その中には雑魚魔獣は入ってこられないようになっているのだ。――もちろん、この迷宮における『雑魚』とは文字通りの雑魚ではなく相対的なもの……それができるだけでリリリアの力の凄まじさが間接的にわかるというものではあるが。

とにかく、魔獣は襲ってこない。

だから深く深く、ジルは意識を瞑想の中に沈めることができる。

こんなことを考えていてはいけない、と思っているのだ。

だって、ふたりきりなのだから。

街で出会ったのとは、まるで状況が違う。

確かにリリリアは卓越した聖職者のように思われる――が、一般論で考えてしまえば、近接戦闘に長けた剣士の方が、一対一の戦いには分がある。一体この男は恋だの愛だので悩んでいるはずなのにどこと話を接続させようとしているのだ、と思われるかもしれないが、この迷走する理屈屋の頭の中では、この異常な接続にも複雑な論理が通っているのである。

誰も助けに来ない場所に二人きりで。

片方が片方を好きだとわかったら。

しかも矢印を出している側の方が、どうも直接対決すれば強いとわかってしまったら。

嫌じゃないか？

そう、ジルは心配しているのである。

気分的にはすごく嫌なんじゃないかと思う。

だって、自分に置き換えてみればわかるはずだ。たとえば全身が触手でできていて常に毒液を分泌している異様な魔獣（自分より強い）と二人旅をしていると考えたとして……その魔獣が、自分に気のある様子を見せていたら。

嫌じゃないか？

すごく。

よくない、とジルは思う。すごくよくない。

自分が同じ立場だったら、選択の余地がどこにもないように感じてしまう。実際に選択の余地があるかないかは問題ではない。そういう風に感じてしまうこと、それ自体が問題なのだ。

たとえこの前提が間違っていて……仮に『実は自分よりリリリアの方が総合的な戦闘能力において卓越している』という隠れた事実があったとして考えても――この迷宮でのサバイバル下で人を撥《は》ねのけるのには、かなり大きな心理的負担を伴うことも間違いない。

正々堂々、という言葉がある。

ジルは結構、この言葉が好きだ。

だから今、彼は必死で瞑想に取り組んでいる。今この状況でリリアに「あなたのこと……ちょっといいなと思ってます」と伝えるのはどう考えても状況を悪用した卑怯な手段だと思うから。とりあえず気持ちは押し込めるし、たとえ伝えるにしてもこの迷宮を出てから、約一年程度の文通を交わしたのちに徐々にほのめかしていこうと思っている。

心頭滅却。

深く深く、ジルは瞑想の世界に入り込む。

周囲の空気を体内に取り入れる。

そして体内にある淀みを、長く外気へ吐き出していく。

心の奥底にある刃を探り出して——それを鋭く強く、研ぎ澄ますように。

身体の隅々に満ちる内功……それを押し広げて、均等に。どこにも詰まることなく、ぐるぐると満たすように。

「……いや、待てよ」

八十歳かもしれない、と思った。

リリリアは。

一度そう考え始めると、そうに違いないとすら思えてきた——だって、ここまで神聖魔法に卓越していて若いはずがない。例の巨馬を倒したときにも確か自分は同じことを思っていたはずだと、ジルは思い出している。それに、聖職者は大抵晩年に力のピークが来ると聞いたことがある。そうだ、そうに違いない。

大体、顔の形だっていまだにおぼろげなのだ。

ありうる。この可能性は十分に。

リリリアはただ明るく朗らかで、声と話し方と態度が可愛くて、手が柔らかくて、やたらにいい匂いがするだけの、八十歳の老婆だ。

間違いない。

これが真実だ。

「……なるほど、そういうわけだったか」

「何が？」

一拍置いて。

「――――おわあっ!?」

「失礼だねー、キミ。乙女に向かって叫び声」

「あ、いや、すみません……」

もちろん、この迷宮の中に人語を喋る存在は、今のところ二人しかいない。

ジルがジル自身に話しかけたわけではない以上、残るはたった一人。

リリリアが、いつの間にか隣に座っていた。

すごくいい匂いがする、とジルは思った。

「どうしたんですか」

思わず敬語を外すのすら忘れながら、ジルは問いかける。

「最近、寒くなったと思わない？」

そう、リリリアは言った。

言われてふと、ジルも辺りを気にしてみる。

確かに、ここに来たときは夏真っ盛りだったから、その頃と比べると随分涼しくなってきた。四ヶ月。季節が移り替わるには十分な期間が経っていて、秋すら越して冬へ姿を変えていても不思議ではない。

肌寒いということなのだろう、と解釈して。

ジルは、上着を脱いだ。

「どうぞ」

そう言って、リリリアの肩――多分そのへんにあるんじゃないかと思う――に、その上着を引っかけた。

「え？」

「寒さには強くできてるから。身体が冷えるようなら使ってくだ――使ってくれ」

八十歳の老婆なのだから、と。

それは心の中だけで呟いて。

しばらくの、沈黙があった。

何かやらかしたのかと思って、ジルは大層心配になった。

そしてその不安に耐え切れず「あの、俺何か変なことしましたか」と訊こうとしたとき。

ふふ、と。

リリリアは、笑った。

「結構、私のこと図々しい人だと思ってる？」

ジルは焦って、

「いや、そんな、」

「違うよ。寝るとき寒いだろうと思ったから、魔法をかけてあげようと思って来ただけ。――〈ときどきは、誰かがあなたに触れるでしょう〉」

指揮棒のように彼女が指を振れば、ぱあっ、と光が溢れる。

その灯りがゆらりと飛んでジルの指に触れれば、そこからぽかぽかと温かな熱が湧いてきた。

「たぶん十時間くらいは効くと思うから。夜更かしせずに早めに寝なね」

「――あの、」

「ん？」

「いま、手、」

触れてなかったのに、どうして。

魔法が使えたんですか、ということを、彼はたどたどしく。

「？」

とリリアは首を傾げたらしく、それから、

「あ。私、別に触らなくてもこういう魔法は使えるよ。練習してるから」

何を言い返すこともできなかった。

それじゃ改めておやすみー、と彼女が立ち去っていくのに、おやすみなさい、と挨拶を返すことしかできなかった。

だって。

「じゃあ、なんでいつも食べた後は……！」

手に触れてくるんだ、と。

彼女の足音が消えてから、地面にへたり込むようにして、ジルは嘆いた。

訊いてみるという手もある。もしかして、衛生魔法だけは触らないと使えないんですか、と。それで「そうだよー」と返ってくれば、それで済む。

でも、もしそうじゃなかったら。

そうじゃなかったとしたら――、

「八十歳の老婆だったとしても……！」

ところで他の出来事のインパクトが強すぎてすっかりジルは忘れているが。

彼の上着は、リリアの肩にかかったままである。

少なくとも、迷宮にいる間は、ずっと。

まだまだ二人の冒険は続く。

†

コンコン、と扉の音は夜に鳴った。

もうすぐ寝ようと思っていたところだった。

誰だろう、こんな時間に……訝しがりながら、剣を片手にクラハは玄関口へと出て行く。

「はい」

「夜分遅くに申し訳ない」

そして、目を見開くことになった。

知っている顔だった——たった一度、顔を合わせただけ。けれどその服装と合わせれば、記憶は鮮明に蘇ってくる。

「聖騎士団の——」

「できれば、周囲には聞かせたくない話だ。――入れてもらっても？」

どうぞ、とクラハは扉を開いて目の前の彼女――目の前の聖騎士を迎え入れた。

もてなしの茶を淹れようとキッチンに動けば、しかし聖騎士は「お構いなく」とそれを手で制する。

そして、名乗った。

「聖騎士団第四分隊長のアーリネイトだ。……今、最高難度迷宮〈二度と空には出会えない《アビス》〉の件で、〈次の頂点《フューチャー・プラン》〉のメンバー全員に話を聞かせてもらっている」

ぎくり、と肩が強張りかけたのを、しかしクラハはなんとか制した。

アーリネイトは部屋の中にぐるりと視線をやってから、さらに続ける。

「パーティ宿舎があるのに、君は外で暮らしているんだな」

「はい、そうですけど……」

「なぜだ？」

直接に言うことは憚《はばか》られた。

四ヶ月前のあの〈二度と空には出会えない〉での一件以降――パーティへの不信感が募り、外で暮らすことにしたと、正直には。

だから、濁しつつ、しかし本当のことも交えつつ、

「あまり、居心地がよくなかったからです。パーティとは少し折り合いが悪くて……」

じっ、とアーリネイトはクラハを見つめた。

探られている、と感じる。けれど流石に、ほとんど初対面の相手に隠し事を見抜かれるようなことはない。

「なるほど。立ち入ったことを訊いたな」

そう言って、アーリネイトはその視線を切った。

「それで、どういうことをお訊きに……？」

「あの日、君たちのパーティに何があったのかを訊きたい」

一瞬、言葉を失いかけて。

それでも。

「何が、というのは？」

「最高難度迷宮〈二度と空には出会えない〉――その攻略を、君たちのパーティは諦めているな」

「……」

「聞いていないか。ゴダッハからは、何も」

はい、とクラハは頷いてから、

「でも、何となくは……」

アーリネイトもまた、頷いた。

「最初の攻略から数ヶ月が空いている――最初の挑戦で、メンバーの誰の命も失っていないにもかかわらず、だ」

え、と声を上げそうになった。

「大規模攻略の間が数ヶ月開くことは珍しくはないだろう。苛烈な稼業だからな。だが、いくらなんでもたった一日のファーストアタックからそれほどの期間が開くことは考えづらい。そうなれば、流石にメンバーも察しているだろうな。……ゴダッハにも直接訊いた。すでにあの迷宮の攻略は諦めた、と」

一体どういうことだ、とクラハは思っている。

間違いなくあの日、〈次の頂点〉はメンバーの一人を失っている。

それなのに、アーリネイトは……。

「奇妙なんだ。Sランクにまで上り詰めたパーティが、そんなに容易く諦めるとも思えない。何か理由があるはずだ。特別な、ゴダッハが語らない理由が。……私はそれが何かを、知りたい」

辻褄の合う仮説が、クラハの頭の中に一つだけ浮かんでいる。

初めから、ジルはパーティ登録されていなかったのではないか、と。

これなら通せる。

サポーターの仕事の中には、そうした登録関係の雑務も含まれている。実際に何度か自分自身携わった業務だから、はっきりとわかる。

ジルをパーティにスカウトしておいて。

しかし、登録自体は行わず。

書類上は存在しないパーティメンバーとして連れ回し……そして、〈次の頂点〉以外の誰も入る資格を持たない迷宮の中で、秘密裏に殺してしまう。

そうすれば。

誰も知らない、殺人になる。

「君は、その理由を知っているか？」

アーリネイトが、訊いた。

その答えを、クラハはぼんやりとわかっていた。

おそらく、目的を達したからなのだ、と。

ジルに対して行われたあの殺人は、おそらく突発的なものではなかったのだ。

パーティ登録を行わない裏雇用——これは、ギルド規定で厳しく禁じられている。街のならず者とほとんど変わらないような形ばかりの冒険者パーティであるならともかく、Sランクの〈次の頂点〉が理由もなく行うようなものではない。

事前に、計画されていたのだ。

ひょっとすると、初めから——。

初めから〈二度と空には出会えない〉の攻略は、ジルの殺害を目的として行われた可能性があるのだ。

そして今、その目的は達された。

だから、攻略を行う気は二度とない。

そんな急ごしらえの仮説であれば……ここまでの不可解の全てが説明できると、クラハはぼんやりわかっていた。

けれどその明瞭な像は、今の彼女には決して見えない。

わからないからだ。

何のために？

どうして、ジルを殺す必要があった？

そのことが、今の彼女には……。

「ええ、っと……」

沈黙が長すぎた。

そのことをクラハは自覚している。これ以上は怪しまれる。怪しまれて何の問題があるのかを考えるよりも先に、声を出す必要がある。自分が咄嗟に処理するには、見えてきた真実は不気味すぎる。

普通に考えれば、ありえないのだ。

竜殺しの大英雄とはいえ——たった一人の青年を殺すために、Sランクパーティの地位と行動の全てが、利用されただなんて。

ゴダッハの行動は、異常だった。

得体の知れない恐怖感——それが改めて、クラハの背筋を上ってきている。

「他の皆さんは、なんて……」

アーリネイトの目つきが鋭くなる。

クラハの質問に答える代わりに、彼女は別の話を切り出した。

「……〈二度と空には出会えない〉の攻略中、四聖女の一人、リリリア様が転移罠によって姿を消した」

クラハは大きく、目を見開いた。

聖女。教会の最高権威。

ここ最近で、この街に来た聖女がいるとするなら、

「あのときの……」

「そのとおりだ。……言い訳に聞こえるだろうが、あのとき、何かがおかしかった」

「何か、というのは」

アーリネイトは瞑目し、

「転移罠は、発動しないはずだったのだ」

「……それは、古びていたとか、」

「違う。……そもそも、我々聖騎士団が、聖女様たった一人が罠にかかってしまうような、迂闊な

攻略をすると思うか?」

　思わない。

　クラハも、聖騎士団の精鋭ぶりは知っている。Aランクの冒険者たちが次のキャリアとして転職することもままあると聞くし、何より聖女の護衛なのだ。並大抵の冒険者パーティを上回る練度で行動していただろうことは、想像に難くない。

「四層から五層へと向かう際に――どうしても通らなければならない部屋があった」

「主部屋ですか」

「いいや。魔獣のいない部屋だった。……が、」

　一つ奇妙な点があった、と彼女は言う。

「床に、魔法陣が描かれていた。……部屋一面にだ。絶対に、その上を通る必要があった」

「それが、転移罠だったんですね」

「そのとおりだ」

「でも……」

「確かめたさ。何度も確かめた。聖女様を通す道だからな。騎士団の中でも魔術に長けた者たちがかじりついて解析したよ。そしてその結果、導き出された答えは『作動することはない』『聖女様が通っても安全のはずだ』――実際に、我々が先行して、罠が発動しないことを確かめた」

　話が呑み込めずにいる。

が、クラハは聞いた通りの情報をまとめて、

「聖女様が通ったときだけ、罠が作動したということなんですか？」

「ああ。そうした罠に、心当たりはあるか？」

「……ない、です。大抵、ダンジョンに仕掛けられる罠は自然発生的で、個人を指定して作動するような複雑な機構は組めないはず……」

アーリネイトは頷いた。

「そうだろうな。冒険者上がりの騎士もそう言っていた」

失態は失態だが、と彼女は前置きをして、

「原因不明の失態は、もっと手に負えない。……私は、あの迷宮には、何かがあると睨んでいる。元々、調査自体が四聖女からの指令だったのだ」

「……それは――」

「手がかりはあまりにも少ない。だから私は、知る必要がある」

答えてくれ、と彼女は。

立ち上がって、クラハに、問いかけた。

「君たちのパーティに、何があった？　他のメンバーたちは、みな口を噤《つぐ》んでいる。しかし君は、君だけは、知っているはずだ。

――あのときリリリア様に言った『死んだ仲間』とは、誰のことだ？」

そのとき、クラハの心を過《よぎ》ったのは。
パーティに裏切られて、下層へと落ちていった、ジルの姿。
そして、もうひとつ。
自分の子どもたちを抱き留めていた、ホランドの後ろ姿も、一緒に。
いつの間にか窓の外には、ぽつりぽつりと雨が降り出している。
冬の香りを孕んだ、冷たい雨が。

四章　優しくしてくれ

何度見ても、だった。

「……ここしかない、よなあ」

「ここしかありませんねー」

一応、一週間近くは彷徨《さまよ》ってみたのである。

左手を壁に付けたまま、ぐるぐると。この階層を何度も何度も巡って、他にないかを探してみたのである。

が、やはりここしかないように思える。

「じゃあ、行き止まりってことになるけど」

「なりますなー。まったくもって」

ジルもリリリアも一芸特化の阿呆《あほう》と言えば阿呆ではあるが、何も一から千まで考えなしのとんでもない阿呆というわけではない。

彼、彼女にも大型類人猿あるいは人間相当の知恵というものがあり、自分たちが通ってきた場所にそれなりに目印をつけるくらいのことは、欠かさずしてきた。

そして、今二人が停滞しているこの階層に入ってからというもの。

行き当たる階層通路にはことごとく、その目印がついているのである。

つまり、行き戻る道しか彼らの前には横たわっていないようなのだ。

で、代わりに見つけたのが。

「リリリアさ……リリリアは、」

「とうとうさん付け」

ごほん、とジルは咳払いをして、

「この扉、開けられないのか」

「ないなー。魔法の専門家がいないと」

「専門家じゃないのか」

「なんでもかんでも一人でやれたら人間はこんなに数増やしませんよ、お兄さん」

途轍《とてつ》もなく大きな扉だった。

ジルの裸眼でも、そこに扉があることくらいはぼんやりとわかる。

黒い。

そして、でかい。

あの巨馬すら悠々と頭を上げたまま通れそうなくらいの高さがある。

そんな扉が、ふたりの目の前に、堂々と聳《そび》え立っていたのである。

もう一度、とジルはその扉に手をかけた。

ぐ、と押し込む。もちろん、あらん限りの内功を身に溜めて、全力で。

しかしそれでも、扉は動かない。

自分が押してみしりとも動かないのであれば、これはもう間違いなく魔法が関わった特殊な扉だろう——そう、彼にはわかる。

「やっぱり、道間違ってたんだな……」

そう、ジルは溜息混じりに呟いた。

何度も思ったことだった。

どうも自分たちは、上っているのではなく下っているのではないか、と。

やたらに複雑な起伏を持つ階層通路に上下感覚を騙されて、実は延々下り続けているのではないか——地上から遠ざかっているのではないかと、思っていたのだ。

そしてとうとう、その疑問に答えが出た。

実際に、間違っていた。

そうでなければ、こんな大掛かりな行き止まりに突き当たるはずもない。

「そうでもないんじゃないかな？」

しかし、リリリアはそう言った。

「え？」

「だって別に、行き止まりが下の方にあるとも限らないでしょ？」

たとえば、と彼女は言う。

「私がいたのが四層だから……実は今は五層にいて、そこで行き止まってるとか」

「……まあ、なくもない、かもしれないが……」

そんなことがあるか？とジルは首を傾げている。

大抵はこういう大きな壁は、下層の方に設置されているものなのではないか。迷宮に潜った経験がこれ以外にあるわけでもないから単に肌感覚に過ぎないが……そう、彼は思う。

「それに、あれかもよ。本当は向こう側……地上側から開けるための扉で、こっち側からは開かないとか」

「……引く扉、ってことか？」

「あとは単純に、魔法で一方通行にされちゃってるとかなのかもね。あ、でもこれは魔力の流れ的に難しいかな」

ううん、とジルも首を捻る。そう言われると、元々大して自信のあった考えではなかったようにも思えてくる。所詮は勘だ。より自信ありげに勘をぶつけられれば、当然揺らぐ。

試しに引いて開くか確かめてみようかとも思って、どこかに窪みがないかを探した。

「……ん？」

そして、違和感を覚えた。

「ちょっとこれ、見てくれないか？」

呼び掛ければ、「どうしたの？」とリリアは近付いてきてくれる。

「模様があるような気がする……扉の表面に」

そう言えば、彼女はどうやら扉に顔を近づけてくれているらしく、

「……ほんとだ。なんだろう、これ」

「見た目にはわからないのか？」

「うん。黒色が濃すぎて陰影が全然わかんないから……」

どうしようかな、とリリアは言った。

「もしかしたら、表面を全部なぞれば、私でもわかるような魔法陣が描かれてるのかもしれないけど」

「このでかさじゃ……」

見上げても見上げきれないような大きさだ。

ジルだって内功を用いて跳び上がらなければ、容易くはその頂点に届かないほどの高さ。

窪みに指を引っかけてクライミングする、という手もなくはないが……。

「俺じゃあ、魔法陣の正確な形は摑めないしな」

ジルは純剣士——魔法は対人戦に使われるような汎用性の高いものを除けば、知識はからきしだ。

それではいくらこの扉の全てに触れることができたとしても、ベースとなる知識がない以上、その全体像を記憶し、転写することすら難しい。

「あ、そうだ。あれしてみる？」

リリリアが思いついたように言った。

「何？」

「ジルくんが私のこと肩車して、ジルくんが登る役、私が触る役ってやつ」

望むところだ、と本物の心が返事をしかけた。

天国に入れてあげますよ、と言われたら大抵の人間がそっちの方向へ脇目も振らずに走り始めるのと同じ原理である。

が、ジルは耐えた。

「……よくない、んじゃないかな」

「まあこの大きさだもんねえ。そんな地道なことやってたら、一体終わるのはいつのことになるやら。半年とかかかっちゃったりして」

あはは、とリリリアは笑って、

「もういっそ、ここに二人で住んじゃう？　結構楽しいもんね」

八十歳の老婆。

八十歳の老婆、八十歳の老婆、八十歳の老婆！

ジルは心の中で、そんな呪文を唱えた。

残念ながら、すでに効き目は薄れてきている。

「……そういうわけにも、いかないよな」

「そうだねー。ここ、ご飯美味しくないし。それに私の護衛についてた人も、早く帰ってあげないと可哀想だしなあ」

ここでジルの中に、既婚者、という新たな可能性が降ってきた。

そう、これは辻褄の合う、かなりの説得力を持った仮説なのだ。

こんな場所に一ヶ月――そろそろ二ヶ月になる――も二人きりで、ドギマギしているのが自分の側だけだというのが、まずおかしいのだ。向こうの側に余裕がありすぎる。もちろんそれは年齢が重要なファクターとして働いた結果導き出された当然の状況なのかもしれないがしかしこれはそもそもが既に相手のいる人間の余裕と言うものなのではないか？　いやそうに違いないそうに決まっているリリリアは既婚の八十歳の老婆であり彼女の言動の一つ一つは単に自然体として出力されている彼女にとってはごくごく当たり前の朗らかコミュニケーションであり一方でそれに対して自分ばかりがこうして心の臓を何かで挟まれて締め付けられたような痛みを感じてまさにこれこそ大ピンチつってなナハハみたいな状態にされている理由を解明できる仮説というのは自明的にぴったりたったひとつしかないのであり
「どうしようね、これから」

「────はっ！」

「え？」

「いや、なんでも」

色ボケしている場合ではない。

ジルは正気に返って、冷静にそう思った。

八十歳の老婆で既婚者。もうそれでいいじゃないか。決着だ。ごくごく普通の青少年みたいな悩み事はやめよう。自分で言うのもなんだが、この状況でそんな暢気なことを考えているのは端的に言って頭がおかしいし気味が悪い──そう思って、ジルは頭を元に戻す。

それなりに腕が立つはずの、旅の剣士に戻る。

「正直言って、俺は客観的には……主観的なのか？　まあいいや。ここは底側の行き止まりなんじゃないかと思う」

「うーん……そうかなあ」

「俺はな。だから引き返すべきなんじゃないかと思うんだけど……」

ここで、彼の頭に過《よぎ》るのは、方向音痴の二つの種類。

正しい道の途中で、心が先に迷ってしまうタイプ。

「もしもリリリアの言うとおりこっちが地上なんだとしたら、また長い時間をかけて地下深くまで潜り直すことになる」

「たぶん、今度はそんなに時間かかんないと思うけどね」

「階層主もめぼしいのは仕留めたからな。ただ、完全なマッピングをしながら進めたわけじゃないから、最低でも二十日は見た方がいい。未踏の階層もまだあるだろうから、それを含めると一ヶ月、それか二ヶ月……。もしそっち側が間違っていてまた戻ってくる羽目になるなら、四ヶ月以上だ」

俺一人で進んでた頃は目印なんかほとんどつけてないしな、とジルは付け加えて、

「これが完全な行き止まりならよかったんだけど、もしそうじゃなかったら……」

「下手したらずっと、本当にこのあたりでぐるぐる迷ってるだけになっちゃうかもね」

ううん、と二人は各々腕組みして、ほとんど同じ角度で首を捻った。

引き返して、それが外れていた場合――つまり、実はこの扉をくぐる方法が存在していた場合――大きく時間を失うことになる。

かといって、その方法が存在していなかった場合……いつまでもここにいても、ただ老いていくほかすることがない。

四ヶ月という試算は、一度戻ってダメだったらまた戻って来ればいい、と気軽に言えるような期間ではない。

特に、まだ若者であるこの二人にとっては。

「……あ、じゃあ、こうしない？」

リリリアが言った。

「二週間くらい、ここで待ってみようよ」

二週間？　とジルが訊ねれば、

「そう。そうすれば、満月か新月かのどっちかが来るはずでしょ」

「……ああ、なるほど」

魔力の満ち引きか、と納得した。

月の満ちる日と失われる日は、この地上の魔力に不可思議な変化をもたらす。

迷宮の中でこそ見たことはないが……ジル自身、旅の中で「冬満月に花咲く草原」や「夏新月に凍る湖」に出会ったことはある。

それに合わせて開く仕組みがあるのかもしれない、と疑うことは十分に可能だ。

「それなら、一ヶ月くらいは待った方がいいんじゃないか。どっちか片方でいいとは限らない……」

「一ヶ月って長くない？　二週間くらいが辛抱の限界な気がするんだよね、気持ち的に」

「……まあ、確かに」

一ヶ月停滞するくらいなら、その期間で四ヶ月の行程を切り崩したくもなる。

「確か近いうちに日食があるって聞いたから、それまで待ってみたいような気もするんだけど……のんびりしすぎちゃってもよくないかなあと思うし。私もちょっと、二週間で何か見えないか扉を調べてみるからさ。どう？　この案」

「……あ、待ってくれ。その前に一個だけ」

「ん？」

「聖剣化してくれないか」

そう言って、ジルは剣を差し出す。

ああ、と意図を汲んでくれたらしく、リリリアは魔法をかけてくれた。

「ちょっと離れててくれ」

そう言って、扉のすぐ横——普通の壁になっている場所へと、ジルは剣を構える。

思い出したのだ。

最初に自分が、この迷宮に取り残された理由。

ゴダッハによる〈魔剣解放《リリース》〉——それに伴う、地面の崩落。

この迷宮は、力ずくでも破壊できるのだということを、思い出した。

「未剣——〈爆《は》ぜる雷《いかづち》〉！」

カッ、と光が爆発する。

地面が融解するほどの温度が、辺りを包む。技を繰り出したジル自身も、その肌に激しい熱を覚える。

煙が立ち込めている。

それを、ジルは剣の一振りで払って。

結果は。

「――眼鏡がないから、全然見えない」

「ああ、はいはい」

ととと、とリリリアが駆け寄ってきて、代わりに見てくれた。

「あー……」

「どうなってる？」

眉間に皺《しわ》を寄せながら、ジルも精一杯目を細めて、

「ダメみたいだね。普通の壁のところは削れてるんだけど、その奥に黒いのが……これ、あの扉と同じかな。たぶんぐるーっと取り囲んじゃってるんだと思う。見えないところも、内側で」

そう簡単にはいかないか、とジルは肩を落とした。

所詮はゴリラのゴリラ知恵か、と。

「まああ。でも、発想はよかったんじゃない？」

ぽん、とリリリアがその肩を叩いて、

「私は魔法陣を見る方法を考えてみるから、その間にジルくんは壁をばっこんばっこん壊して回っちゃってよ。どこかに抜け道あるかもしれないしね」

そうするか、とジルが応えて。

二週間の停滞が、決定した。

†

「お嬢さん」

「え？」

一方、地上で。

最近クラハは、どうも美形と縁がある。

最初に出会ったジルも、いかにも若手の剣士的な体形と相まってシュッとした青年だったし、その後に少しだけ顔を合わせた聖女リリリアは言うまでもなく。

そしていま、定食屋で話しかけてきた隣席の紫髪の人物も、並々ならぬ美形だった。

なにせ、一目見てもその性別がよくわからない。

「ここで一番美味しいメニューは何かな？」

「ええっと……」

黒いぴったりしたインナーの上に、ゆったりした上着を重ねている。首元のあたりは細いけれど、それで体形のほとんどが見えなくなっている。

座ってはいるが、その身長は女性にしては高く、男性にしてはやや低い、程度だろうと思える。

紫色の髪は肩に触れるか触れないかの微妙な長さ。すらりとしたつり目だが、刺々しさはない。

以前に見た聖女とはまた異なる、銀河色の瞳の、どこか飄々とした印象のある人物だった。

全然、面識はない。

「ここに来るのが初めてなら、ハンバーグ定食がいいと思います。定番なので……」

しかしクラハは、落ち着いてその人物――男女を限定しない人称代名詞としての『彼』の語を用いよう――彼の質問に答えた。

元々クラハは、話しかけられやすい性質だ。

いつも行く店には大抵顔と名前を覚えられているし、二日に一度は道を訊かれる。迷子の子どもに泣きつかれることもしょっちゅうだ。

だから、そういうこともあるだろうと思って、答えた。

「それじゃあもし……僕が、この店に来るのが初めてじゃないとしたら？」

僕、という一人称からも、まだ性別は確定できなかった。

冒険者は素性がそれぞれあり、女性でも「俺」、男性でも「あたし」と使う人間もときどき見かける。

それに、目の前の彼の話し方は、妙に芝居がかっているように聞こえたから。

まあいい、とクラハは思う。

別にそれがわからなかったところで、何かが変わるというわけでもない。

「ここは何を食べても美味しいですけど、」

と前置きして、

「スペシャル定食は豚カツが三人前で、ご飯のお替りが自由です」

言ってから、ちょっとだけ後悔した。

見た目に判断することは難しいが、どうもそこまでたくさん食べるようには見えない、と気付いたから。

完全に自分の好みを伝えてしまった——そう思って、撤回しようとして、

「ありがとう。そういうことを訊きたかったんだ」

しかし彼は、ふ、と微笑んだ。

ぱっ、と彼は手を挙げた。

たったそれだけの動作が、どういうわけか綺麗に整っている。注文、と声をかけるよりも先に、店員が傍に来ていた。

「スペシャル定食、二人前」

「え」

「安心してくれ。僕は大飯食らいだ」

戸惑う店員にそう言った通りだった。

やがて運ばれてきた異様な量の豚カツを、彼はぱくぱくと、大して苦でもなさそうに平らげていった。約四人前を平らげた時点で、米のお替りはすでに七杯に及ぶ。八杯目は店員が気を利かせて、三人前分が入るような巨大な深皿に米を盛って運んできた。

「うん。なるほど、これは美味しい」

にやりと笑って彼は言って、

「ところで、」

と隣に座るクラハに、再び話しかけてきた。

「そういう君は、麺しか食べないのかい」

確かに、クラハのテーブルには、一杯の東国麺——蕎麦しか存在していなかった。

食事は冒険者の基本だ。だから、普段だったら彼女だって、こんなに少ない量で昼を済ませることはしない。

けれど、今日は。

「……あまり、食欲がなくて」

「ふうん」

ぱくぱくと、それからも変わらない勢いで、紫髪の彼はスペシャル定食を平らげていった。そして食後の茶を、と頼みでもするかのようにクラハと同じ蕎麦を頼む。

それも瞬く間に平らげてから、彼は伝票を持って立ち上がる。

そして、言った。

「そんなに悪いやつじゃなさそうだな、君は」

「——え？」

「どんな形にせよ、僕が決着をつけよう。だから、まあ待っていたまえ」

その口ぶりは。

何かを、知っているかのようで。

「あの、」

「いいものを教えてくれてありがとう。君の味覚は素晴らしい」

しかしクラハの言葉に取り合わず、彼は定食屋を出て行った。


「あれ……？」

午後からの勤務だったから、定食屋を出てからはその足でパーティ宿舎へと向かった。

〈次の頂点《フューチャー・プラン》〉のパーティ宿舎は、単にメンバーが寝泊まりするだけの場所ではない。装備や物資もまとめてここを倉庫として置き、また事務作業に必要な書類もすべてここにある。拠点も兼ねているのだ。

だから普段だったら、もっと人がいるはずなのに。

大規模攻略のない日でも、パーティ内で小集団を作って、それぞれが独自に小規模迷宮の攻略に励もうと打ち合わせを行っていたりするはずなのに。

「誰も……？」

人気《ひとけ》が、まるでなかった。

不思議に思いながらも、とりあえず彼女は自分のロッカーへと進む。鞄を入れて、コートをかけて、それから執務室へと進んでいく。

そこには、誰の姿もなかった。

「ホランドさん？」

「よ」

その、たった一人を除いては。

「どうしたんですか。珍しいですね、こっちに来るのは」

そう言って近づきながら、クラハは、

「……あの、どうして誰もいないんですか？」

そんな疑問を、口にした。

白いものの混じり始めた顎髭をさすりながら、ホランドが答える。

「ゴダッハが朝から姿を見せてない」

「……はあ」

「失踪したんじゃないか、って騒ぎだ」

クラハの瞳が、大きく開く。

「何か、根拠が、」

「過敏な反応だと思うか？　……俺は、そうは思わない」

あいつには逃げるだけの理由があるからな、と。

ホランドは、椅子に凭《もた》れ掛かって、天井へと首を傾けた。

「他の奴らはこれが周りに知られる前に、って総出で捜索だよ。クラハ、今日は昼から夜までなんだって？」

「はい」

「一人は情報のハブ役が欲しいから、ここでお前は待機だそうだ。で、俺はそれをお前に伝えるために残ってたのさ」

わかりました、とクラハは応えた。

しかし、ホランドはそのまま、動かなかった。

「聖騎士」

「――っ」

「お前は反応がわかりやすいな」

ひひ、と不格好に彼は笑って、

「もう少し腹芸も鍛えとけ。器用なのはお前のいいとこだからな。何でもできた方がいい……で、」

視線は合わせないままに。

「言ったのか」

「……言い、ました」

「だから、そういうときは知らない顔して『何のことですか？』って答えときゃいいんだよ」

ははは、と乾いた笑いを彼はまた。

目を、合わせないで。

そうか、と。

「言っちまったか……」

溜息のように、呟いた。

短い沈黙が、煙のように部屋を満たす。

そこにあるのは、ふたりの静かな感情だけ。

正しさと、過ち。

己のしたこと、しなかったこと。

葛藤。後悔。欠けていたのはきっと、自分自身の選択に対する——、

「なんて言ってた」

ホランドの言葉がその沈黙を破れば、ハッとクラハも顔を上げた。

「あの聖騎士の……アーリネイトだったか。直接家に来たのか？」

「はい。夜に」

「うちに来たのも夜だった。そのへんは周りの目を考えてくれてたんだろうな」

クラハは、彼の視界の外で、ぐ、と拳を握りながら、

「私以外が口裏を合わせるとなると、一人の証言では難しいと言っていました。ジルさんは〈次の頂点〉へのパーティ登録どころか、冒険者登録もされていなかったようで、書類からも追うことはできないと」

「……そうか。そこまで徹底してんのか」

「ただ、そのことは踏まえた上で、追加の調査を行うと言っていました。詳細までは聞いていませんが」

「聞いてたとしても誰にも話さねえ方がいい」

ちらり、と。

ようやくホランドは、クラハを見た。

「そんなことまで俺にべらべら喋って、悪用されるとは思わねえのか？」

「アーリネイトさんからは、かえって圧力になるから、訊かれたらいつでも答えていいと言われています」

「色々と考えるねえ、騎士様は……」

「それに、」

クラハは、それを見つめ返すこともできず、

「ホランドさんなら……」

「よせよせ」

　手を振って、彼は立ち上がる。

「変な期待かけんな。……いまのことは、誰にも言わない方がいい。確かにプレッシャーにはなるだろうが、お前自身の立場が危うくなる。……ゴダッハが、まだ近くに残ってねえとも限らねえ」

「……はい、わかりました」

「素直でよろしい」

　不器用に笑ったのち、ホランドは不意にその表情を消して、

「……いざとなったら、荷物纏《まと》めてこの街を出ろ」

「え――」

「事がでかくなりすぎてる。――大魔導師の目撃情報があるみたいだ」

　大魔導師、と。

　クラハは口の中で、その言葉を繰り返す。

　国際組織である魔法連盟が加盟者の中から認定する、現時点で七人だけに与えられた称号。細かなことを無視して平たく解釈してしまうなら――それは、この世界にいる魔導師の中でも、最も優れた七人のうちの一人がここにやってきた、と考えていい。

　追加調査、と聖騎士アーリネイトは言っていた。

　まさか、と。思う気持ちがある。

「しかも来たのは、よりにもよって〈星の大魔導師〉様だそうだ。……うちは元々Aランク相当だったのをゴダッハの魔剣で無理やり引き上げたようなパーティだからな。はっきり言や、俺は〈二度と空には出会えない《アビス》〉の攻略も荷が勝ちすぎてると思っちゃいたんだが……今は、もっとひどい」

途轍もないことが起こる、と。

不吉の予言のように、ホランドは言った。

「途轍もないこと、ってなんですか」

「さあな。……お前、あの大英雄の兄ちゃんから、何か受け取ったりしてるか？」

思い当たるものは、一つある。

だから、クラハがそれを答えようとして、しかし先にホランドが手で制した。

「いい。言うな。俺だけじゃなく、誰にもだ。……今朝方、あの兄ちゃんが借り住みしてた部屋から物が全部消えてた」

「え……？」

「わかるだろ？　……後始末がされたってことだよ。それで他の奴らもゴダッハの野郎の失踪を疑ったわけなんだが……」

いいか、とホランドは声を潜めて、

「今、あの兄ちゃんがうちのパーティにいた証拠になるのは、そいつくらいしか残ってねえ。……

どんなに些細なものだろうが、とにかく持っておけ。いつか、それがお前を助ける鍵になるかもしれねえ」

「ホランドさん、どうして……」

そこまで、という気持ちと。

そこまで気にしてくれるのに、という気持ち。

二つがクラハの心の中でぶつかり合って、言葉にはなってくれなくて。

「お前は正しい側に立て」

そう、ホランドは言った。

真っ直ぐに、クラハを見つめて。

「生きてると、段々な。立ちたくても立てない……そんな場面が増えてくる。積み重ねたものの重さに、身動きが取れなくなっていく。……言い訳に聞こえるかもしれねえが」

「………」

「でも、お前はそうじゃない。後悔にまみれて窒息するには、お前はまだ早いのさ。……要は、おっさんのお節介だよ」

言い切って、ホランドは歩き出す。

立ち尽くすクラハの肩を、すれ違いざまにポンと叩いて、

「弓、なかなか上手くなってきたじゃねえか」

クラハは、息を吞んで、

「――――見て、くれて……」

「そこから先は場面と目的を意識していけ。もう少しでCランクにはなる」

じゃあな、と振り向かないまま。

ホランドは片手を挙げて、去っていった。

しばらく、クラハはそれを見送って。

「どうして……」

もう一度、今度は、自分自身に向けて呟いた。

覚悟は、していたつもりだった。

聖騎士に情報を流したこと――それを伝えればきっと、糾弾されるだろうと。たとえそれがどれだけ客観的に正しいことだったとしても、誰かが守りたいと思ったものを脅かしたその行為は、必ず責められることだろうと。責められるべき、ことだろうと。

けれど、彼はそうはせず。

だから、たったふたつの疑念だけが、彼女の心に残される。

正しかったのだろうか？

一度間違ってしまった道の先には、間違った選択肢しか用意されていないのではないだろうか？

答えを教えてくれる相手を、どこに探し求めることもできないまま。

上着の内ポケットに手を差し入れて、クラハは、それがそこにあることを、確かめた。

小さなケース。

ジルの残していった眼鏡が、そこには入っている。

†

壁どころか天井も床も壊して回って、とうとうこの階層全体が黒い壁に囲まれていることをジルが確かめて。

どうやっても扉の魔法陣が読み取れず、「ああああー」とリリリアが仰向けに寝転がってぼんやり気の抜けた奇声を上げて。

それからもうただ二週間の残りを待とうと、ジルがリリリアを相手に指相撲で八十六連敗を喫したところで。

唐突に、その声はかけられた。

「ごきげんよう」

今度は、ジルは剣を抜きすらしなかった。

リリリアと初めて会ったときとは違って。

「誰だ？」

まず、ジルが訊く。

するり、と肩のあたりに柔らかい感触があったのは、たぶんリリリアにごく自然な流れで盾にされたのだろうな、と思いながら。

「誰だって？」

ものすごく驚いた声で、唐突に現れた人物は言った。

「誰ですか」

ぼそり、とジルは背後にいるだろうリリリアに訊く。

「わかんない。けど、いい人だと思うよ」

「何を根拠に」

「ひみつ」

この既婚の八十歳老婆の声は本当に綺麗だな、とジルは思っていた。

「待て待て待て。君たち、本当に僕を知らないのか？」

声は高くも低くもない。男か女かもわからないながら、しかしとりあえずは本当のところを伝えてみようと、ジルは、

「眼鏡を壊したから、人の顔がよくわからないんだ」

「あ、なんだ。そういうことね……」

「俺と面識が？」

「いや、ないけど」

じゃあわかるわけねーだろ。

心の中でだけそんなツッコミを入れながら、ジルはうっすらと、こんなことに勘付いている。

なんかこいつ、変な奴っぽいな、と。

「それじゃあ、今日を以てその脳にきっぱりはっきり焼き印しておくといい……僕の芸術的な顔と名前を！」

脳味噌に焼き印したら死ぬだろ、と思ったし、そもそも眼鏡がないから顔がよく見えないって言ってるだろ、とも思ったし、なんなら『芸術的な顔』という自称のためにジルの中でいま目の前にいるこの人物のイメージ像は抽象画チックなぐにゃぐにゃの顔になった。

が、しかし。

「僕はユニス――〈星の大魔導師〉ユニスだよ」

「大魔導師？」

流石に、その称号には聞き覚えがあった。

「イエス。何となく、顔くらいは知られているものと思っていたよ。

毒竜殺しの大英雄、ジル。そして島守りの聖女、リリリア」

僕ら年も近いから意識し合ってるのかと思ってたのにさ、とユニスは嘆いた。

とりあえず、ジルはその最後の部分だけは聞かなかったことにして。

「聖女？」

代わりに、驚いて背後を見た。

「竜殺し？」

同じように、驚きの声がかかってきた。

呆れたように、その間にユニスが言葉を挟む。

「君たち、そんなことも知らないで二人で行動してたのか？　一体ここで何をしてたんだ、何を」

「指相撲とかだな……」

「へえ、指相撲！　いい趣味だね。僕も強いよ、指相撲。無敗と言っても過言ではない」

さあやろう、と言ってユニスはいきなり近付いてきた。

そこまで気を許せはしなかったので、ジルは一歩、後退《あとずさ》って距離を取った。

「……あれ？　僕、もしかして嫌がられてる？」

「いや、そういうわけじゃない。どちらかと言うと大歓迎なんだが……」

背後のリリリアに向かって、

「大魔導師の顔を見たことは？　俺は一度もない……」

「私もないや。でも、嘘は吐いてないと思うよ」

「何を根拠に」

「ひみつ」

というか、と彼女は、

「ジルくんは、そういう感じしてないの？」

「…………何のことだ？」

「あ、してないんだ」

へえ、とリリリアは小さな声で囁いた。

一体何の話だ、と問い質したくもなったが、しかし彼女が思わせぶりなのは今に始まったことではない。とにかく今は、目の前のこの人物が何者かを確定させるところから始めなければならない。

そう思って、ジルは何かを彼に問いかけようとして。

それより先に、目の前の彼が口を開いた。

「〈次の頂点〉のクラハさんと、聖騎士団第四分隊長のアーリネイトさん、と言えば信用してもらえるかな？」

「お、」

声を上げたのは、リリリアの方。

「もしかして……」

「イエス。捜索隊だとも。たった一人のね」

ぱちん、とユニスは指を弾いて、

「第四層にあった転移魔法陣を延長利用して、聖女……リリリアの痕跡を辿らせてもらった」

「すごい」

感心の声をリリリアが上げる。一方で、ジルはあまりにも自分とは違うフィールドのやり口すぎて、いまいちそのすごさが実感としては伝わってこない。

が、しかし。

この状況を正確に把握して、関係者の名前まで出してきたこと。それから、たった一人でこの迷宮に乗り込んできたその自信……そしておそらく大魔導師を名乗るに相応しいのだろうその技量。

そのあたりがわかれば、過剰な警戒はひょっとすると無用なものかもしれない、とジルも力を抜き始めた。

「すごいというのはこちらの台詞さ。君たち、生き残るだけじゃ飽き足らず、あまつさえよくもまあたった二人でこんな深層まで潜れたものだね。能力で言えば二人ともすでに人類のハイエンド、という評はそれほど嘘じゃないみたいだ」

「ほら！　やっぱり逆だった！」

鬼の首を獲ったようにジルが叫んだ。

「いい経験になったね、少年」

「うわ、開き直った」

「でも私はなんでも『うんうん』って聞いてた人も悪いと思うな。ちゃんと自分の行動には自分で責任を取らなきゃ」

そしてうっかり自分が倫理的に不利な立場に立ってしまったことに気が付き、「そうですね、すみませんでした」とさっさと話を切り上げた。よく考えれば最初に逆方向に進み始めたのは他ならぬこの自分だ。二人旅は二人で意思決定をしてきたために責任は半々になるが、一人旅の責任は全て自分一人で背負うことになり、一方的に自分が悪くなる。そこを攻撃された場合、ぐうの音も出ないほどに叩きのめされて土下座させられるかもしれない。

「ところで、そもそも最初に逆方向に進み始めたのって、」

「救助って認識でいいんだな？」

背中を柔《やわ》い力で抓《つね》り上げられながら、とにかくジルは話を進めようとする。

「もちろん。大船に乗ったつもりでいたまえ！」

ユニスがえへんと胸を張った。ような気がした。

「もっとも転移魔法はこの迷宮の魔力を利用した形になるから、帰りも同じ方法ってわけにはいかないけどね」

「それじゃあ、どうするんだ？」

「もちろん、僕がこのパーティに加わって地上までの帰還に手を貸す……」

と、言いたいところなんだけど、と。

ユニスは、

「君たち、そもそもどうしてこんな深層にいるんだ？　僕はてっきり、浅層で相性の悪い階層主にでも当たって足止めを食っているものかと思ったんだが……。まさか、二人でここを攻略するつもりだったのか？　だとしたら、何とも僕の申し出は的外れで気恥ずかしい……」

「いや、そうじゃないんだ」

恥を忍んで、ジルは言った。

「実は俺たち、どっちも方向音痴で」

「うん。流石に私も認めます。己の非を」

「ということで、ずっと上ってるつもりで、下層に進んでたんだ」

はぁあ、とジルは深く息を吐いて、

「いっそ笑ってくれ。その方が気が楽になる」

「あははははは」

「いや、リリリアは笑うな」

「あ、ところでアーちゃん……アーリネイトはどうしてたかな。大丈夫だった？　怒られてないかだけがずっと心配で」

しかし、いつまで経ってもユニスは笑わず、答えず、

「――ユニス？」

「……そうか。君たちは、二人とも方向音痴なのか」

その声色で、ものすごく嫌な予感がした。

「おい、もしかして――」

「ところで、全然関係のない話なんだけど」

急に明るい声で、ユニスは言う。

「僕は君たちのことを知っているんだ。

東の国に出た毒竜が森を溶かそうとするのを討ち滅ぼして食い止めた、純剣士の大英雄、ジル。

そして、最果ての教会で嵐に対する防護壁を張り、島を水没の危機から救った聖女、リリリア」

「いや、それは師匠と二人で……」

「私も、それは島の人たちが協力してくれたからだよ」

突然の褒め言葉に二人が反応していると、ユニスはすかさず、

「逆に訊かせてもらいたいんだけど、君たちは僕のことを知っているかな」

戸惑う。

何か、話を逸らされている。

明らかに、重要な部分から遠ざけられている気がする。

「ええっと、確か、星の……」

しかしリリリアが先に答え始めてしまったので、ジルも仕方なく、

「史上最年少の大魔導師認定者だろ。正直言って専門外だからあまりその条件は詳しくないんだが……確か、」

「新しい魔法を生み出した、とかじゃなかった？」

「イエス」

と、ユニスは頷いた。

「正確に言うと、もう少し細かい条件があるんだけど……まあ、僕も君たちの得意分野の細かいことを言われても理解の及ばないところがある。わかりやすい実績……言い方が悪くなってしまって申し訳ないね。でも、何かしらそうしたことをしてこなかったのは、僕自身の落ち度だろう。あ、あと君たちに倣って謙遜をすると、僕の最年少記録は単に、出会うべき師に早い段階で出会えたというのが一番の要因で――」

ひととおり、それを聞いてから、

「で、ユニス。あなたは、」

「簡単に言ってしまうと、僕の魔法は星から力を得る魔法だ」

遮って、さらに言う。

「自分の中にある魔力は基本的に制御用と言ったらいいのかな。大部分は、星が持つ魔力を上手く利用して行うものが多い」

まさか、とジルはこの話の最終着地点を予想した。

地下深くだから、とか。

「と言っても、さすがに僕だって大魔導師の称号を持つ者の一人だ。こうした迷宮の近く——星の光が届かないところでだって、ある程度の力は使える」

ほっ、と息を吐いて、

「——はずなんだけどね」

「もう結論から話してくれないか？　心臓が壊れそうだ」

「あ、そう？　それじゃあ、お言葉に甘えて」

何となく、そのときジルは思った。

眼鏡がないから、ぼんやりとしか見えなかったけれど、何となく。

「魔法の力はともかく——普段の移動は星の位置を目印にしてきたから、こういう場所だと僕は全然方角がわからない！　役立たずだ！　優しくしてくれ！」

そのときのユニスは——腹が立つほど清々しい笑顔をしていたのではないかと、何となく、思った。

方向音痴の剣士と聖職者、それから魔導師。

アホが三人勢ぞろい。

ビンゴなら上がりになるところだが、これはビンゴでないので上がれない。

冒険は、まだ続くらしい。

……さてしかし、この三人の一日は、まだここでは終わらない。

和気藹々《あいあい》と、これからの方針を話し合うにも、まだ及ばない。

それは、彼女が口にした言葉のために。

「あの扉なんだけど、いいかな。ユニス……くんとちゃん、どっちが好き？」

「くんがいいかな。可愛いから」

「じゃあ、ユニスくん。あの扉に魔法陣が描いてあるんだけど、転写できたりしない？」

「お安い御用」

え、と声を上げたのはジル。

「いや、もう必要はないんじゃ……」

「ごめんね、ジルくん。ちょっとだけ」

「どうせすぐ済むさ。……ちょっと、離れた方がいいかな」

そう言って、ユニスは二人を扉の前から下がらせて、

「〈流れよ《フロウ》〉」

パシャリ、と音が立つのを、ジルは聞いた。

「何を？」

「大した魔法じゃない。扉の表面の窪みのところを埋めるように水を発生させて、その形を変えないまま、地面に押し付けたのさ。ちょうど、本の頁を畳むみたいにね」

それで、とユニスは、

「どんな魔法陣――」

言葉を、失った。

「……おい、どうした？」

「やっぱり……」

そう呟いたのは、ユニスではなく、リリリア。

「……まさか、君はこれを知って？」

「ここまで来たのは偶然……ううん、偶然でもないのかな。でも、ここまではっきりしたのは、想像してなかったな」

彼女は、少なくともこの一月と少しの間、ジルが聞いたこともないような声で、こう言った。

「外典魔法陣に、外典魔獣――。

この迷宮って、誰かに作られたものなのかもしれない。それも、滅王と関係した誰かに……」

五章　記念にみんなで

ラスティエ教には、正典のほか、外典と呼ばれる教典がある。

そしてそこに記されているのは、道徳教義ではない。また同時に、完全な説話でもない。

滅王と呼ばれる者が遥か昔に存在していた。世界を滅せんと、神を弑《しい》せんとする――そして、それを成すに見合うだけの力を確かに有していたと伝えられる、この世界の大いなる敵。

神の使徒ラスティエと滅王との熾烈なる争い――その詳細が、外典には記されている。

†

「オーケー。それじゃあ話を纏《まと》めよう」

とうとうこの迷宮村にも文明の火がやってきた。

ユニスが魔法で起こしてくれた焚火に肩を寄せて集まりながら、ぼんやりジルは思っている。こいつはもう信用してしまおう。思い切り信頼してしまおう――リリリアに衛生魔法を使ってもらったときと同じく、何かを与えてもらった分の心の懐きが生まれていた。

「おらが村にもようやく火が来たねえ、ジルくん」

「そうで……だな」

「それもそれで一連の訛《なま》った言葉みたいだねえ」

「君たち、目をとろとろさせてないで。せめて寝るのは僕の話が終わってからにしてくれ」

悪い悪い、とジルもリリリアも、ユニスの方に向き直る。

「まず、ジル」

「ああ」

「君は単に迷い込んだアホだと」

「ああ」

悲しみながら、ジルは頷いた。

「で、リリリア」

「はーい」

「君は他の三聖女たちから要請を受けて、この地に何か悪いものがないかを調べに来たと。……これは元々、アーリネイトさんから僕も聞いていた話だけどね」

「おばあちゃんたちから『若くて元気なんだから』って言われちゃったんだよね」

四聖女の平均年齢は九十歳くらいなのかな、と思いながらジルはそれを聞いていた。

「で、君たちは揃いも揃って方向音痴」

「おい、自分だけ逃れようとするな」

「僕も仲間」

ジルの言葉を、ユニスは潔く受け止めて、

「この四ヶ月の間、延々迷宮を逆走……いや、この場合は順走なのかな？　まあどっちでもいいけれど、その途中で階層主もいくつか倒して歩いてきた、と」

「うん。それが……」

リリリアの言葉の先を、ユニスが引き継ぐ。

「外典魔獣、というわけだ」

二人の間に漂う空気についていけず、ジルは訊ねる。

「それって結局、どういうやつなんだ？」

「あれ、ジルはラスティエ教の信徒じゃないのかい？」

「生まれがド田舎なんだよ」

「ふうん？　それにしたって、ちょっと不思議なような……」

まあいいや、とユニスは続けてくれた。

「外典魔獣っていうのは、ラスティエと滅王の戦いの際に、滅王が使役したと言われている魔獣だ。分け身とする見方もあるみたいだけど、まあとりあえずそこは本質ではないから省こう。

その魔獣の強靱なること恐ろしく、一体を倒すのに一軍を要し、上位個体になれば国ひとつに匹敵したと伝えられている」

「国ひとつ、って……」

「いま大袈裟だって思ったでしょー」

リリリアからの言葉に、ジルはマズい、と思いながら、

「いや、嘘だとかそういうことを言いたいんじゃなくて……」

「でも、あのジルくんが突っかかってた馬――ナイトメアって言うんだけど、あれで下位個体だって言われたら、どう？」

ぴたり、とジルの身体が固まった。

それからぎこちなく……眼鏡を押し上げようとして、なくて、指先は空を切る。

「……あれで下位か。それなら……」

外典が書かれた時期を、ジルは知らない。

ゆえに、その時代と現代との間に、どれほど軍事力の差があるのかも、もちろん知らない。

が、納得はできる。

あの巨体が暴れ回れば、同じ力量の人間がいないことには人海戦術で押し切ることも限りなく難しい。たとえ勝利したとしても、致命的な損害を被ることに疑いはない。

だからそのことは、受け入れた。

「で、その外典魔獣がいるってのはなんなんだ。とっくの昔にラスティエ……様に滅ぼされたはずなんだろ？　実はその生き残りがいたとか、ここは滅王の作った迷宮だとか、そんな話か？」

「かなり近い、と僕は思っている」

本気でか、と思わず訊き返してしまった。

本気で、とユニスは頷いて、

「少なくとも、残り香がある。君たちが詰まっていたあの扉に描かれた魔法陣も、外典に載っているものだ」

「でも、あれは神聖魔法なんだよね」

ちょっとだけ見たことあるんだ、とリリリアは、

「外典の原本と、第一写本の七冊だけに載ってる、ラスティエの使う魔法陣だと思う」

「おや」

ユニスが眉を上げて、

「リリリアはラスティエ『様』とは呼ばないんだね」

「日記に『様付けされると微妙な気分～』って書いてあったでしょ」

「へえ。流石に僕もそこまでは読み込んでなかったな。今度、大図書館に戻ったら探してみるよ」

「でも『日記ってこれ誰かに読まれたりするのかな、なんか微妙～』って書いてもあったよ」

「本当にそんな口調でか？」

ジルが口にした疑問は、「あはは」という回答しか得られなかった。

話は戻って、

「でも、完全にそのままってわけじゃないみたい」

とリリアは言った。

「なんていうか、普通の防護魔法じゃないんだよね。外から中に入れないってだけじゃなく、中から外に出さない、っていうのも一緒にやってある」

「でもどっちにしろ、ラスティエがかけた魔法だっていうなら、解かない方がいいんじゃないか？」

ラスティエ教のことには詳しくなくとも、流石にジルだって、そちらが善玉だということくらいはわかる。

だからそれは、素直な提案だったが、

「いや、そうとも限らない」

ユニスが否定した。

「鍵があるんだ。これを解くための」

「うん。私もそう思う」

「鍵？」

つまりね、とユニスはおそらく人差し指を立てて、

「ラスティエほどの人物——そもそも人だったかも怪しいと僕は思ってるけど——その人なら、も

っと完璧な魔法陣が組めたはずなんだ。でも、この魔法陣は複雑で高度ながら、一定水準以上の神聖魔法の使い手と、魔法解析者がいれば解ける。そんな風にできている」

「解かれることを前提とした魔法ってことか？」

「僕はそう考える」

わからなくなってきたな、とジルは頬に手を当てて、

「つまり、どういうことなんだ？」

「この迷宮は滅王と関わりがある。そして同時に、どういうわけかラスティエか、もしくはその関係者が、この場所に『神聖魔法の使い手』――つまり、『絶対に滅王の手先でない人間』を伴えば通ることのできる、奇妙な関所を設けている」

これが意味するところはひとつ、とユニスは、

「――――よくわからん、ということだ」

「俺はもう寝る」

「大魔導師のお茶目で可愛い冗談じゃないか」

でもそうだよね、としかしリリリアもユニスの言葉を肯定した。

「実際、よくわかんないことはよくわかんないよ。手がかりが少なすぎるんじゃないかな。迷宮と滅王がどんな風に関わってるか、この扉の魔法がどういう意図だったのか、それがよくわからない」

「というかジル。君、冒険者だって言うなら知らないのかい？　この最高難度迷宮〈二度《ア》と空《ビ》には出会えない《ス》〉のことを」

どうせ聞き役だと高をくくっていたところに急に話を振られて、ジルは内心少し焦りながら、

「知らん。Sランクパーティだけが入れるとか、三層より下には進めなかったとか……。そのくらいか。あ、二人ともわかってるだろうが、入場制限は単純にここの魔獣の強さの問題だろうな。で、三層より下に進めなかったのは、その番人の階層主が強かったからだ」

「迷宮の成り立ちなんかは？」

ユニスに向かって、ジルは小さく両手を挙げた。

お手上げ。

「元々俺は冒険者でもなんでもない、助っ人だぞ。そこまで詳しくは知らない。せいぜい、中にいる魔獣がどのくらい強いかとか、そんなことを聞いたくらいだ」

「ところで君、冒険者登録自体もされてないらしいぜ。知ってた？」

「は？」

かくかくしかじか、とユニスが伝えてくる。

お前はそもそもパーティ登録されていないだけではなく、冒険者登録もされていない、と。

「立ち入り禁止区域に勝手に入り込んでるから、ここから出たら即拘束されて罰金かもね。ははは」

「あ、あのカス野郎、一体どこまで……」

「ジルくん、聞けば聞くほど可哀想だね」

よしよし、とリリリアが口先だけで言った。

「でも、実を言うとそれも謎なんだよなあ」

ユニスがさらに言う。

「確かに」

リリリアも頷いて、

「なんだか、準備が良すぎるよね。最初からジルくんのこと、どうにかするつもりだったみたいな」

「……確かに、言われてみるとそうだな」

「心当たりはないのかい？」

「いや、流石に最初から嘘を吐かれるようなことをした覚えはない」

まして殺害計画を入念に練られるような覚えも、と。

ううん、と三人揃って唸り込んだ。

「僕はどうも、ジルもただの不幸なアホとは思えないんだ」

「思わないでくれ」

「たまたま巻き込まれたにしては、大駒すぎる。僕とリリリアは計画的に放り込まれたと言えるけど、ジルが……当代最強の剣士と呼んでもいい君がこの場にいるのは、なんとも」

「言い過ぎだ」

　眉根を寄せて、ジルは反論する。

「そんなには強くないぞ。師匠には一度も勝てたことがないし」

「どうだかね。外典魔獣を一人でのしていたって言う時点で、少なくとも『最強の一角』くらいの称号は間違いないと思うよ」

「しかもジルくん、それで眼鏡がないから全力じゃないんだもんね」

「いや、やめてくれ。あんまり持ち上げられると、世捨て人みたいな暮らしをしてる達人にいきなり遭遇していきなりボコられた場合のダメージがでかくなる。『調子に乗った奴から恥をかく』って師匠から何度も教えられてきたんだ」

「外典魔獣をボコれる人間をさらにボコれる人間がそうそういてたまるかって感じだけどね」

　それに、とユニスは、

「この最高難度迷宮で四ヶ月だろう？　入る前よりだいぶ強くなってるんじゃないかい？」

「……まあ、それは」

　ぐ、とジルは拳を握る。

　確かに、実感としてはある。信じがたい強敵と連日の死闘を繰り広げる中で、今までより遥かに大きな力を、自分は得ている。

「……いや、だが慢心は敵だ」

「僕もそう思う」

「お姉さんもそう思います」

「おい」

漫才はともかくとして、とユニスは、

「どうにも引っかかることだらけだ。だから、ここで僕から提案なんだけど」

なんだ？とジルが訊ねれば、彼も答える。

「いっそ、この扉の先まで潜ってみないかい？　この三人で」

少しだけ。

思考のための、静かな時間が流れて。

口火を切ったのは、ジルだった。

「俺は別にいいけど」

元々、この迷宮を攻略するつもりで足を踏み入れたのだ。

その間にいくつものハプニングはあったし、途中はとにかく引き返すことを目的にしたりもしたが――しかし、結果としてはどんどん深くに潜っていただけ。今さら「いや俺はなんとしてでも最速で地上に帰るぞ」だなんて言葉を口にするつもりは、あまりない。

まして同行者は、聖女と大魔導師なのだ。

これほどのメンバーに恵まれて動けることは、ひょっとすると今後の人生で二度とないかもしれない……そう思えば、ユニスの提案に首を横に振る必要はない。

「リリリアは？」

だから危惧するのは、そこだけ。

「うーん……。でも、あんまりもたもたしてると心配かけちゃうからなあ……」

「いや、そこは大丈夫」

しかしユニスはすかさずその不安を埋め、

「元々、君たちが万全の状態でいないことも想定していたからね。この迷宮に潜る前に、アーリネイトにはあらかじめ『鈍足の帰還になるかもしれない』と伝えてある。少なくとも半年くらいは向こうも心配しないはずだよ」

「本当？　ありがとー、気を遣ってもらって」

それに、と言って、

「ここまで深層に来てるなら、地上に直接向かうよりも、迷宮最深部まで攻略してそこから戻った方が早いかもしれない」

「踏破転移か」

なるほど、とジルは頷いた。

迷宮の最深部には、その核となる魔力の塊が隠されている。そしてその魔力を介することで、魔導師のいるパーティであれば地上まで転移の魔法で帰還することも可能なのだ。

「じゃあ、全然私も」

いいよ、とリリリアも言った。

一応、とさらにユニスが自分の考えを説明していく。

「どうもこの迷宮はきな臭い……っていうのは、二人ともわかってくれるよね？」

「うん」「ああ」

「それに僕自身、リリリアの救助の他、余裕があったら迷宮内部も調べてほしいと言われている」

「私もそもそも、おばあちゃんたちに言われてきたからね」

「次にこれだけの深層に潜ろうとしたら、どれほどの時間と手間がかかるかわからない。それに、今ここにいるだけの戦力を揃えられる機会も、おそらくほとんどない」

「俺たちで決着をつけようってことか」

「うーん……。でも、そうだね。少なくとも、ここまではジルくんと私の二人でも潜れてるわけだし」

「うむ！　そこに僕も加わるわけだからもう無敵！」

えへん、とユニスは誇らしげな声を出して、

「……三聖女の感じた邪《よこしま》な気配もそうだけど、魔法連盟でも不吉な予知が多発してる」

一転、真剣な声になって。

「その上、実際に潜ってみたら外典魔獣に外典魔法だ。何か大きなことが起きる気がしてならない。……頼む。協力してくれないか」

「こちらこそ。私のせいで手間をかけさせてごめんなさい。改めて、助けに来てくれてありがとう。よろしくね、ユニスくん」

「俺もだ。改めて感謝する。ありがとう。ユニスが来てくれなかったら今頃まだリリアと二人でこの迷宮の中を当てもなく彷徨《さまよ》って──」

あ、と。

そこで。

三人同時に、声を出した。

「じゃーん、」「けーん！」

「待て待て待て!!」

大声で、ジルがふたりを止めた。

そう……、ここで決めなければならない重要なことがまだ一つ残っていることに、三人ともが気が付いたのだ。

ここから先、どの方向音痴が道を決める？

ということ。

「じゃんけんは俺に不利だろ！　あなたたちが何の手を出したのか確かめようがないんだから！」

「手で触ればいいじゃん」

「僕もそう思う」

「触るまでの間に動かし放題だろ！」

ジルは必死になっている。

そしておそらく、リリリアとユニスも必死になっている。

だって、とうとう全員方向音痴の自覚があるのだ。

そしてこれまで、結構真面目な話をしていたのだ。

責任を負いたくない。

あんなに真面目な話をしたあとでアホがアホな迷い方をしているアホな光景が発生する——そのことの責任を、自分だけは負いたくないと思っている。

「いやもう——いいだろ！　三人で話し合って決めれば！」

「でも私、さっきジルくんに責められたし……」

「端的に言うが、僕はものすごい役立たずだ！　自信がある！」

「そんなの俺だってそうだよ！」

「じゃあさっきなんで私のこと責めたの？」

「…………いや、その」

「そもそも最初に逆走してたのってジルくんじゃ——」

「わかった！　こうしよう！」

大いにジルは叫んだ。

「今から全員別の方向に出て行って……それで、一番最初にここに戻ってきたやつがこれからのガイドをやる！　それならいいだろ！」

「む、」

「あー……」

流石にこれには、表立っての反論はなかった。

彼らにも人間相当の理性がある。この合理的な提案の否定はできなかったのである。

「あ、でも」

ユニスの悪足掻《わるあが》き。

「僕とジルはともかく、リリリアは危ないんじゃないかい？　魔獣に当たったら」

「そうだね。私かよわいから……」

「いや、大丈夫だ。前に外典魔獣を見ながら『粘ればいけそう』って言ってたのを聞いた」

「こらこらこら。何を勝手に聞いてるの」

「大体ここに停滞してる間にこの階層の魔獣は俺が全部爆殺した。何の問題もない」

「頭がおかしいのか？　君たち……」

それからもう少しだけルールを詰めた。

立ち止まったらダメだとか、いざここに来てまだ誰もいないから引き返そうなんて夢にも思うなとか、正々堂々自分の方向感覚に向き合え、ここで手を抜くようならこれからの三人の攻略姿勢に亀裂が入るから覚悟しろよ、とか。

最終的に全員合意の上、ユニスが細かなルールを魔法で強制した。そしてその内容の適正確認をリリリアが行った。ジルは何もすることがなかったので、もしも二人が自分に確認できないところで結託して不正を目論んでいたとしたら俺は悲しみのあまりオンオン泣くぞウォンウォン泣くぞ、と脅しをかけていた。

満を持して、よーいスタート。

ゴール。

一着、ユニス。記録三時間五十六分。

二着、ジル。記録五時間十二分。

三着、リリリア。記録八時間三十九分。

ユニスは「嫌だ！」「絶対に嫌だ！」「なんで僕よりダメなやつがこの世に存在してるんだ！」「いざというときは三人で決めよう！　ね！」と涙ながらに懇願し。

ジルは「中途半端」「無難」「面白みがない」「眼鏡があったら方向音痴じゃないのでは」「ファッション方向音痴」「エセ自虐」「どっちの方向から見ても敵」と両サイドから責め立てられ。

リリリアは「生きて辿り着けてよかったと心から思います」と祈りのポーズでふて寝した。

次の日の、体感では夕方ごろ、ようやくジルとリリアを阻んでいた扉が重々しく音を立てて開く。

最下層への道。

自信なさげに、一芸特化の三人衆が踏み込んでいった。

†

それから一ヶ月が経ち。

「俺、このパーティに必要か？」

非常に悲痛な疑問が、ジルの心の中に芽生えていた。

「ん？」「え？」

思わず呟くと、背後の二人から同時に声が返ってきた。

「何を言うんだい」

「頼りになってるなってる～」

「いや、俺もう、ろくに鞘から剣を抜いてもないんだが……」

冒険は、非常に順調だった。

ユニスの加入は、単に火力役が一人増えたということにはとどまらない。

初めの頃こそ「慣れないからしばらくはついていくだけでもいいかな？」と大人しくジルとリリアの二人の冒険に足並みを揃えていたが、やがて彼もコツを摑んだ。

今、三人の周りにはずっと、しとしとと雨が降っている。

しかしそれはもちろん、この洞窟の天井から滴り落ちているものでもなければ、地面を濡らすようなものでもない。これはユニスの魔法。〈雨は光の音階となり――〉から始まる複雑な詠唱を伴った、上級の魔法。

それを使うようになってからは、もう雑魚の魔獣などまるで姿を見せなくなった。

その雨に触れるだけで、魔獣は溶けて消えていくからだ。

もうただの道を歩いているのと、そこまで変わりがない。

「剣を振るしか能がないのに、振りもしなかったら本格的に俺、役立たずだぞ」

「そういえば、私もこれ要らないんじゃないかな。別に、怪我とかしないし。聖域化もたぶん、ユニスくんなら似たようなことできるでしょ」

あと光と光でキャラが被ってるし、とリリリアも言った。

そういえば俺の秘剣も月に名をちなんでるし、星と月でちょっとキャラが被ってるな、とジルも言われて思った。

「……そんな悲しいこと言うなよ」

自分の声音こそ一番悲しそうに、ユニスが言った。

「そんな悲しいこと言うなよ！！！！！」

「うお」

「どしたの。急に大声出して」

「ごめん。急に寂しくなって……」

いいじゃないか、とか細い声でユニスは言う。

「別に、僕の持つ力が一番汎用性が高いっていうのは確かにそうだろうけど、あと、なぜか信じがたいことに方向感覚が一番まともなことも事実だけど……」

「あ、十字路」

「ユニスくん、次どっち？」

「知らないよ」

「拗《す》ねた」

「拗ねないで〜」

結局、「右」とユニスは告げてから、

「そういうことは二度と言わないでくれるかな。僕はなんだかんだ言って自分と同じ程度に尖った力量を持っている君たちと会えることを楽しみにしつつ教会と魔法連盟からの要請を受諾して、かつこうして三人で歩くのは一度も体験したことのない友達のいる遠足みたいで死ぬほど幸せだなって内心ウッキウキで歩いてたんだから」

「……すまん。水を差して」

「かわいいね～、ユニスくん」

そうだろ？とユニスは鼻息を吐いた。

「遠足……遠足か」

そのユニスの言葉に、ジルはひそかに頷いている。

大して今は、それと変わりのない状況だ、と。

リリリアの衛生魔法があるおかげで、身体の汚れのことは心配しなくていい。

そしてユニスの魔法があれば、この冬の寒さも大して脅威にはならない。

さらに、例の外典魔法による封印の先で迷宮は確かに難度を増したものの、ジル一人の手でもある程度攻略可能なものだったし、ましてユニスが加わったこのパーティには大した脅威にはならない。つい三日前に対峙した階層主も簡易聖剣の一振りで打倒できてしまったし、ユニスの火力支援の始まりよりも決着の方が早く訪れた。

飯がことごとく不味いことと、明らかにぐるぐる同じところを回っている（自分たちのつけた目印に何度も出会う！）ことを除けば、大した負荷もない冒険だ。

五十階層を降りてきている。

最下層がどの程度の奥深くなのかは知らないが、それほど完全踏破までは遠くないだろうと思えた。

「みんなは遠足に行ったりしたかい？」

そう、ユニスが訊ねた。

「というか、学校に行ったりしてたかな」

「私は行ってたよ～。教会学校。ちゃんと出たし」

「俺もまあ行ってたといえば行ってたけど……。村の賢い人が読み書きそろばんを教えてくれるくらいの場所だったな。遠足自体には行った。ピクニックみたいなやつ」

別にいつも行くような場所だったけれど、しかしその散歩に名前がつくと不思議と心躍ったものだ、なんて思い返したりしながら。

「いいなあ。僕は早いうちに大図書館入りしちゃったから、そういう機会がなかったんだよね」

「やっぱりああいうところって、早めに入るものなのか？」

「いや。同年代すら見たことがないな。普通は魔導師になるのって、それこそ魔法学校に通ったり、そうじゃなかったら在野の魔導師の弟子になったり、っていうのがメジャーだからね。僕みたいにいきなりあんな中核に入り込むのは珍しいかな。ああいうところはやっぱり危険も伴うから、普通は上級者向け。僕の場合は、大図書館に縁深い師匠がいたから」

なるほど、とジルは頷く。

一歩分野を出ると、どこまでも自分の知らない世界が広がっているものだ、と思いながら。

「じゃあ、ユニスくんは初遠足だ。楽しいねえ」

「そうそう。正直、いつ叫び出してもおかしくないよ。うぉおおおおおお――――ってね」

「油断はするなよ……と言いたくなるが」

まあ無理か、とジルも諦めがつく。

一人でこの迷宮に挑んでいた頃の緊張感は、自分だって維持できていない。

ましてや初めから二人、三人でこの場所を探索し始めたリリアとユニスに、その緊張感を持てと言っても無理な話だろう。

「一応、最高難度迷宮らしいんだけどな……」

「まあしかし、仕方ないさ。僕たち、たぶんみんな『一つの能力を伸ばした代わりに他の全部がズタボロ』ってタイプだろ？」

「言いにくいことをバッサリ言ったね」

「否定のしようがない」

「それで全員その能力の大部分を戦闘に転用できて、しかも――これは贔屓目《ひいきめ》なしの、客観的な情報からの判断だけど――全員がその分野の最上位」

おっと、とユニスが言った。

「反論は要らないよ。在野に僕たちよりなお優れている人がいたとしても、少なくともそれは可能性の話。知られている限りでは、僕たちを上回ると評されるのはせいぜい各々の師匠くらいだろう？」

「……まあ」

「お姉さん、調子ノリノリになっちゃいそう」

「しかも僕たちの能力は綺麗に分かれてる。何度も言うようだけど、考えられる限り最高戦力なんじゃないかな。ジルは眼鏡がなくて、リリリアは教会というホームから離れて、僕は星明かりがこの場所まで届かないって不利を抱えてるけど、それでも。これ以上のメンバーを揃えるのは、今のこの時代じゃ、それこそそれぞれの師匠が手を組んで探索するくらいのことがないと無理だろうね」

自惚れな気もするが、とジルは思いながらも、混ぜっ返すことはしなかった。

少なくとも現時点で自分たちが手に入れられる情報の範囲では、確かにそう思ってしまうことも、それほど誤りとは考えられない。……実を言うとひとりの同世代の顔が浮かんではいるのだが、しかし対人戦はともかく対魔獣戦に限ればと見栄を張れば、それをわざわざ口に出す気も起きない。

「僕たちで踏破できないようなら人類の力がその頂点に及んでないってことだ。だからまあ、むしろ今の状況はむしろ自然だよ。この三人で手をこまねいてる方が怖い」

「結構言うね、ユニスくん」

「まあまあナルシストなんだ」

「そんな感じしてたよ」

まあでも、とそのとき。

改めて不思議だ、というようにユニスは呟いた。

「今までのSランクパーティが第三層で止まってた、っていうのは確かにちょっと謎だな」

「え？」

訊き返すリリリアに、

「彼らだってその時代の戦闘者としてはある程度最上位に近いわけだろ？　まあ、単純な力よりも重視される別の側面があるんだろうけど……。でも、このくらいなら時間をかければ進めるような気もするんだけどね」

大図書館に籠もりすぎて基準が狂ったのかな、と言うユニスに、

「第三層の階層主が強すぎたからだろ」

ジルが、そう言って応えた。

「え？」

「確かにユニスの言うとおりだと俺も思う。この迷宮はかなりきつい……けど、力だけの三人でここまで攻略できるんだ。歴代Sランクも第三層以降に潜れてたら、もっとじりじり進められてただろうな」

それならとっくに踏破されてたかも、ともジルは言った。

「そんなに強かったの？　第三層」

リリリアの質問に、

「尋常じゃなかったぞ。眼鏡があったのに、本気で死ぬかと思った。外典魔獣のくくりで言ったら、あれが上位なんじゃないのか」

「え、ナイトメアより強かったの？」

「比じゃないな。本当に、馬鹿みたいに――」

「ま、待て待て！」

「なんだ、どうした？」

ユニスが大きな声を上げた。

「僕が聞いていた話と違う」

「ん？」

ユニスは慌てた声で、

「クラハ――君のパーティに所属していたサポーターの話では、強かったけれど力を合わせれば倒せる程度だったとか」

「……ああ。それ、変形前の話だろ」

変形？とリリアが首を傾げた。

変形、とジルは頷いた。

「最初の段階で……ナイトメア？　あれくらいは強かったけど、ひどかったのはそっから先だよ。俺と下層に落ちてくときに、あいつ、変形したんだ」

異常に強かった、とジルは語る。

「毒竜殺しで〈位階〉を上げてなかったら、俺じゃ絶対に勝てなかったな」

「あ、ジルくん、そのとき〈体験〉したんだ」

「流石にあれで〈体験〉にならなかったらどうなんだって感じの死闘だったしな。……まあ、その割にその階層主を倒しても〈体験〉にはならなかったらしいけど」

「基準がよくわかんないよね、あれ」

「リリリアも何回か？」

「そこそこかなあ。平均がどのくらいか知らないから、何とも言えないけど」

「ああ、わかる。でも一回もなったことのない人の方が多いんじゃないか」

「私もよくちびっこたちに『あれって嘘だと思ってました』とか言われるなあ。本当だよって言っても嘘っぽいから、『嘘だよ』って言っちゃってるけど」

「いや、おい」

「うそ、うそ。信じてはもらえないけどちゃんと教えて……ユニスくん？」

「……ごめん。考えごとをしてた」

悩むような声で、ユニスは応えた。

「何か引っかかったのか？」

「うん。……もしかして、ジルが逆走してたのって、そのせいもあるのかい？」

「ああ、そうなんだよ」

深くジルは頷いて、

「普通は迷宮って深く潜れば潜るほど階層主が強くなるって知ってたんだけど、第三層がそれだったから、てっきりここだと違う法則があるんじゃないかと思って、ずるずると……」

「ジルくん、ほとんど一発で倒しちゃってるのに強さの違いとかわかるの？」

「感触でなんとなくは。たまーに、相性が良すぎてわからない相手もいるけど」

へえー、とリリアが言って。

再び、ユニスは押し黙る。

「ユニス？」

「ユニスくん、お腹痛い？」

「……いや、やっぱりちょっと、確証が足りないな。考えすぎかもしれない。気にしないでくれ」

「あ、それ推理小説だと死ぬ人のやつだよ」

「え、そうなの」

じゃあ言おうかな、とユニスが躊躇《ためら》い始める。

が、それを口にするより先に。

「あ」「あ」

「ん？」

リリリアとユニスが同時に声を上げ、そしてジルがそれに首を傾げた。

「どうした？」

「扉が出てきました」

「主部屋か？」

だったら、とジルはようやく剣の柄に手をかける。

自分の出番だ、と。

が。

「いや、また僕の出番だな」

「え。いや、流石にそろそろ俺の腕も鈍るし出してもらえないと――」

「そうじゃなくて」

ユニスの言葉を、リリリアが引き継いだ。

「また、黒い扉が出てきたって話」

†

「俺の勘ではそろそろ夜だ」

「……ん？」

声をかけてから返答が来るまでにそれなりのラグがあった。

「ごめん。集中してた」

「いや、俺も割り込んで悪いな。でも、あんまり根を詰め過ぎない方がいい。扉が開いても風邪引いてましたじゃ恰好つかないし、しんどいだろ」

「昼夜を忘れ去るのは魔導師の集中の証……とはいえ、確かにそのとおりだね。今日のところは、ここまでにするよ」

停滞はさらに一週間続いている。

扉の魔法陣が、解けずにいるからだ。

「ユニスがそこまで手こずるってことは、相当複雑なんだな」

「まあね。難度それ自体にはついていけてるけど、どうも単に手間がかかってるというのもあるみたいだ。相当厳重にしなくちゃいけない何かがあったんだろうね」

「……それって、解いても大丈夫なのか？」

「最初の扉もそうだけど、通り抜けた後はもう一度かけ直してるよ。完全に解き切らなければ少し手間を加えるだけで魔法陣の復元はできる……ごめん。実を言うとそれで時間をかけちゃってるっていうのもあるんだけどね」

いいさ、とジルは頷いた。

「俺も魔法のことはよくわからん。ユニスが言うならそうなんだろ。そのへんはあなたに任せるよ」

「君は僕のことが好きだな？」

「は？」

「いや、なんでも……」

なんだ今のは、と思いながら歩いて、ジルとユニスはリリリアの待つ拠点へと戻ってくる。どうにも魔法陣の魔力が高すぎるからと、少し扉から離れたところに、三人は陣取っていた。

「お、真っ直ぐ戻ってきた」

快挙だよ、とリリリアは笑う。

これで迷ったら本物のアホだ、とジルは腰にぐるぐると巻かれた紐——蜘蛛型の魔獣から上手いこと素材として入手した——に手のひらで触れた。

その紐は、リリリアの手首に繋がっている。

ぐいぐい、と彼女はそれを引っ張って、

「昔、教会で犬の散歩当番してたことあるんだよね。楽しかったなー。かわいいし」

「俺を見て犬を思い出さないでくれ」

「だって、そのままじゃん」

「そのままだけど」

長いものには巻かれろってね、とユニスが全く関係のないことを言った。

たぶん頭が疲れてるんだろうな、とジルは思い、そうだな、と頷いておいた。

「本当にそうかな、ジル」

「この話広げるつもりか？」

「いや、そんなことはないけれど……」

「ごめんね、ユニスくん。私ももうちょっと手伝えたらいいんだけど。あ、朝もらってた課題は解けたから、あとで教えるね」

「ありがとう。……神聖魔法の部分を解いてもらえるだけで十分だ。構造パズルの担当は僕。むしろ、こっちで時間をかけてしまって申し訳ない」

いいんだよ、と言いながら。

はい、とリリリアは焚火に当てていた肉を手に取って、ユニスに手渡した。

「…………」

「ジルくんが獲ってきてくれたご飯だよ」

「……食べなくちゃダメ？」

「それ以上痩せると骨が皮から飛び出してくるぞ」

「飛び出すわけないだろ。化け物か僕は」

「飛び出すよ～」

「えっ……ほんとに？」

ほんとなわけないけど、とリリリアはユニスに肉を押し付ける。

はぁあ、と溜息を吐きながら、ユニスはそれに齧《かじ》りついた。

「まっず……」

「水飲め。美味いから」

「ジルくんほんと水好きだね」

「魔獣の不味さを舐めてたよ。魔力が生命活動に関わるとこんなに嫌な風味がつくんだね……」

もぐもぐ、とユニスはそれを噛み、

「僕たちの中だと、それじゃあ一番美味しいのは魔法と縁のないジルってことになるのかな」

「今日から俺は離れて寝させてもらう」

「ジルくんは寝てるときもたまに反射でものすごい動きしてるから、寝込みを襲っても食べられないよ」

「えっ……知らなかった、自分で……」

「あー。こんなことなら身軽さにこだわらないで甘いものとか持ってくればよかったー」

大いにユニスが嘆いた。

「お菓子はともかく、炭水化物がほしいよね」

「そうか？」

「ジルってもしかして北方の狩猟系？」

「……まあ、近い。よくわかったな」

「あのへんって炭水化物を摂る習慣があんまりないんじゃないかと思ってね」

「じゃあ普段もこんな感じだったの？」

「いや、流石にもうちょっといいもの食ってたよ。それに昔はともかく、別に狩りだけで生活してたわけでもなかったしな」

甘いものが食べたいよね、とユニスが言った。

甘いものが食べたいね、とリリリアも言った。

「にしても、改めて本当に深い迷宮だな。全部で今……百七十階層くらいか？」

「ちょっと常軌を逸して思えるね。自然発生したかどうかも怪しいけど、人の手が入れられたかどうかもかえって怪しく思えてくるよ」

「全部で何階くらいあるんだろうねえ」

「キリよく二百階とかじゃないか」

どうだろうね、とユニスが言った。

「こういうのはなんとも。規則性なんて所詮は人間が考えただけだしね。二百十六階かもよ」

「なんだその中途半端な数字」

「六の三乗。二でも三でも六でも十二でも二十四でも三十六でも七十二でも割れるって聞くと、そっちの方が僕は気分がいいけどな」

よくわからんな、とジルは自分の分の肉に齧りついた。

不味い。

生まれ育った村を出てから、今が一番故郷の味を懐かしんでいる。……いや、砂漠で迷ったときもどっこいか。

「でも、これが最後の扉な気がするなあ」

リリリアが言った。

「なんとなくだけど」

「聖女の言うなんとなくっていうのはかなり説得力があるね」

「大魔導師はどう思うんだ？」

「星が遠いと直感が鈍るんだ。勘弁してくれよ」

「私も家の中にいる方がだいぶ調子がいいなあ」

あのね、とリリリアは、

「最初の人間がどこにいたか、って話があるでしょ？」

「お。論を戦わせるかい？　今は南方から発生したって学説が主流みたいだね」

「あ、ごめんね。そっちは本題じゃなくて……」

考えてみてよ、と彼女も肉を嚙んで、

「最初の場所からこう……わーって人が広まったでしょ」

「大移動、ってやつだね」

「へえ」

「移動する人と移動しない人が分かれたのって、不思議じゃない？」

ふうん？とユニスが相槌を打つ。

「仮説が？」

「あるんですよ。つまりね、移動しやすい人と移動しにくい人って、初めから決まってるんじゃないかって。動物っぽく考えるんだけど、縄張りを守ろうとするタイプと、縄張りを広げようとするタイプがあって、元からそういうのが人によって決まってるんじゃないかなあって、私は思うんだよね」

「縄張りを広げるタイプがどんどん大陸に広がっていって、守るタイプは定住したというわけかい」

「そうそう。で、私はそれで言ったら縄張りを守るタイプだと思うんだよね。あんまり外に出たくないっていうか。でも、家の中でじっとしてるの嫌だーっていう人もいるでしょ？　あれがずっと不思議だったんだけど、そういうことなのかなあって」

しばらくの、沈黙が流れた。

「……え、終わり？」

ジルがそれを破った。

「終わり」

「何だったんだよ、今の話」

「前から考えてたことだったんだけど、誰にも言ったことなかったなーと思って」

「なんだそりゃ」

「でもそれ、魔導師でも何となくそういう傾向はあるな。とにかく外を巡って魔導書を探す人もいれば、部屋の中に籠って瞑想するタイプの人もいるし」

「ユニスくんはどっち派？」

「うーん……僕は内的宇宙を通って外的宇宙へ旅するタイプだからな。どっちもできるけど、どっちかと言うと見た目には縄張りを守るタイプに見えるかも。大図書館も広がってるんだか閉塞してるんだかわからない……ここみたいな感じだしね」

「ジルくんは？」

「俺？　俺は……」

不意に、自らのこれまでを顧みて、

「旅するタイプ、かな……。ただ、俺の場合はまたちょっと、事情が違う気がするけど」

「事情？」

「もっと小さい頃に故郷で〈体験〉をしたんだよ。……ていうか、たぶん方向感覚がぶっ壊れたのもそのときだと思う」

「言い訳だ」

「言い訳かな？」

「言い訳……ではないと思うんだけどな。あとはその後師匠に連れられて放浪したのも効いてるかも」

「でも、確かに幼少期に〈体験〉を食らうとかなり違うかもね。僕も実はそのタイプなんだけど、あれの前と後じゃかなり感覚が違うよ」

「えー。じゃあ二人とも、ちょっとお姉さん懐疑派？」

「それだとお姉さんの実在を疑ってる人みたいだな」

「かなり過激だね、僕ら」

話もそこそこに、彼らは夕食を終える。

ぱちぱちと、焚火の音だけがあたりを包んでいた。

「……もうそんなにかからずに、扉は開けられると思う」

ぽつり、とユニスが呟いた。

「リリリアの言葉を信じるなら、もうすぐこの迷宮も踏破だ」

「長かったな……」

「なんかもう、私は感覚麻痺しちゃった」

ふ、とユニスは笑って、

「いいなあ。僕も、もっと早くから冒険に参加したかったよ」

「可愛いこと言ってる」

「可愛いこと言ったとも」

リリリアの方へ、ユニスは胸を張って。

「同年代の友達って、憧れだったんだ」

「じゃあ、外に出てからも文通とかしようよ。ジルくんも」

え、とユニスと、それからジルも声を上げた。

「私の字、びっくりするほど可愛いからね。震えろ」

「……僕は今、引くほど感動してる」

「あー……」

「お、冷たい人がいる」

いや、と慌ててジルは手を振って、

「単にここから出たらまた旅に出るつもりだからだよ。出すのはできても、受け取りが難しい」

「次の行き先を書いておいてくれれば、その街の手紙屋さん宛てに送るよ」

「……そんなサービスがあるのか」

たぶん、とリリリアは頷いた。

たぶんなのか、とジルは少しだけ呆れた。

「そうか、ジルもやってくれるか……」

ユニスは勝手に決めつけて、

「それじゃあ、週七くらいで手紙を送るよ。楽しんでもらえるように暗号付きで……」

「ややこしいことするやつだな」

まあいいけど、とジルも頷いた。

二人旅から三人旅になって、迷宮での人間関係は少し変わった。

ジルは未だにリリリアを相手に定期的にドギマギしている……が、ユニスも同じような扱いを受けているのを見れば、本格的に己の勘違いぶりも透けてきた。

おかげで今は、ただ普通の、Sランクパーティにスカウトされたときに思い描いていたような冒険仲間として、二人を見ることができている。

たぶんリリリアは八十歳の既婚の老婆ではないんだろうなと気付きながら……それでも、それなりに平静を保てている。

奇妙な縁で結ばれた、友人くらいの距離感で。

「じゃあ今日は、記念にみんなで寄り添って寝ようじゃないか！」

「頭がおかしいのか？」

呟き込みかけた。

「なんだい、ジル」

「乗り気じゃないの？　ジルくん」

「いや、乗り気だったらマズいだろ……ていうか、なんかずっと訊き忘れてたんだけどユニスって、」

あれこれ訊くのヤバいか、と口から滑り出す直前にジルは思ったけれど。

滑り出したものを止める術はなかったので、

「男女どっちなんだ。声からじゃわからん」

「えっちだね……。人の下半身の形状に興味津々で……」

「そういう話はしてないだろ！」

「声以外からでもわかりにくいけどね」

リリリアからの補足。

「いいじゃないか。そんな些細なことは」

「些細……」

些細か？とジルは首を傾げないでもなかったが、しかし性別の話題に安易に触れてものすごく怒られる、という経験はうっかり旅の途中でしている。

「……いや。すまん。変なこと訊いた。気を悪くしたなら謝る。申し訳ない」

「いやいいよ。僕、男女どっちなんですかって訊かれることに喜びを覚えてる節があるから」

「おい」

「他の人にはあんまり訊かない方がいいと思うけどね」

で、添い寝、とユニスは、

「しよう」

「しない」

「しようよ、ジルくん」

「………しない」

「揺れた」

「揺れてない」

じゃあコイバナしよう、一般的に遠足の夜はコイバナするんだろう、とユニスが言って、ごろりとその場に寝転がる。

私のところは女の子ばっかりだったからそうでもなかったなあ、とリリリアも続く。

俺のところの遠足は日帰りだった、とジルも同じく、大してよく模様も見えない天井を見つめるようにして仰向けになって。

それからぼんやり眠りに就くまで、三人は年相応の、くだらない話をしていた。

悪くない、と穏やかに照り続ける炎の熱に肌を温めながら、ジルは思っていた。

ひどい始まり方だった割には……この冒険は、悪くない。

いや、むしろ――――と。

最高難度迷宮の最深層へと続く最後の扉は、この夜から三日後にようやく解かれることになる。

そして、それからさらに二日後。

この三人のうちの二人が、命を落とす。

六章　二度と空には出会えない

扉を開くと、彼がそこに立っていた。

夜。冬の。

街灯りもこのあたりは絶えて寒々しく、細く開いた玄関戸の隙間から覗くのは散りばめられた星々だけ。風はほんの数秒の間に、ノブを握ったクラハの手を赤くかじかませ、星の光を氷河のきらめきのように見せかけていた。

ホランドは、冒険者が普段着るような、活動的な服装に身を包んではいない。

ごく普通の――それこそ、ある平和な家庭の父親がするような、だぶついたコートを羽織った砕けた恰好で、そこに立っていた。

「ホランドさん、」

「よ」

右手には袋をぶら下げて。

「ほら、これ。見舞い」

「え」

「聞いたよ。家、燃えたって。……どのあたりだ？」

「あ、こっちの、裏手の方で……」

すみません、いただいちゃって……とクラハは頭を下げてそれを受け取りながら、サンダルをつっかけて外へと出る。ホランドを案内しつつ袋の中を少し覗き見ると、果物がいくつかと、街で名の知れた菓子店の包みが入っていた。ホランド自身はあまりそうした店には詳しくなかったはずだから、家族のうちの誰かに助言を貰ったのではないか、と大した意味もない推測をする。

ここです、とクラハが言えば、家の表面に黒い染みがついているのが夜目にもわかる。

「すぐ気付いたのか」

「はい。暖房を最近節約していて、それなのに妙に暖かいなと思って様子を見に来たら……」

「不幸中の幸い、ってやつだな。怪我もないみたいだし、とにかく無事でよかったよ」

「はい」

ホランドは一度屈みこんでそれを見た後、「……そうか」と呟いて、立ち上がった。

「騎士団の方では、調査は？」

「あ、いえ。聖騎士団の方が見てくれることになって」

「ふうん。そうか……」

しばらく、彼は顎髭をさすっていた。

クラハもそれ以上何を言えばいいのかわからず、彼の前で立ち尽くしていた。

クラハの家に火が放たれたのは、つい三日ほど前のことだった。

そして彼女自身、その犯人に心当たりがない――と言えば、嘘になる。

ゴダッハの失踪以降、〈次の頂点〉《フユーチャー・ブラン》は活動休止期間に入った。元より彼のワンマン的な経営体制の敷かれていたパーティ。頭を欠いて動けるほど、Sランクの看板は軽いものではない。

だから、と彼女は考えている。

その失踪の火種を作った人物……つまり、聖騎士団にあの迷宮であったことを話してしまった自分が、パーティメンバーたちに恨まれているのではないか、と。

その恨みの行きどころとして、家ごと焼かれそうになったのではないか、と。

ごお、と強い寒風が吹いて、クラハはぶるりと身体を震わせた。

おお、とホランドは言って、

「悪い悪い。身体が冷えちまうな。今日はその見舞いに来ただけだ。一応、美味いってやつを訊いてきたから、まあゆっくりそれでも食って養生してくれ」

「上がっていきますか。お茶でも……」

「いい、いい。外聞が悪いだろ。こんな夜中に子持ちのおっさんを家に上げたら。てか、お前もそういうの気にしろよ。うちのガキどもも最近は色気づき始めて……」

っと、と彼は口を閉じて、

「余計な話か。ダメだな、めっきり説教がましくなっちまって」

暖房は点けて寝ろよ、と言ってホランドは踵《きびす》を返す。

せめて見送りくらいは、とクラハはその背中を追う。

そして玄関前で、呼び止めた。

「あの、」

「ん？」

「…………あ、いえ」

どうなるんでしょうか、と。

クラハは、訊きたかった。

〈次の頂点〉はまるで動く気配を見せない。一方で、ゴダッハの行方が判明するわけでもない。そのためにこの一月半の間、彼女は再びずっと宙吊りにされたように、何もできずにいたから。

これから先、どうなるんでしょうか。

ジルを――人のことを見殺しにしておいて、そこから先に続いてしまっているこの日々は、一体どこに着地するんでしょうか。

私は、どうしたらいいんでしょうか。

そういうことを、彼女は訊きたくて。

でも。

「……なんでも、ありません」

訊けるわけがなかった。

今、その続きの日々を――ホランドにとっての安寧を脅かしているのは自分だと、自覚しているから。

聖騎士団に情報を流して……彼の家族と過ごす平穏な生活が崩壊する火種を撒いたのは、自分だとわかっているから。

わざわざ、もうパーティだって機能していないのに自分の様子まで見に来てくれたこの優しい人に……自分が裏切った人に、この裏切りの向こうに続く道のことなんて、訊けるはずがなかったのだ。

しかし。

「――お前、家族はいるか？」

「……え、」

「少なくとも、こんなところに一人で――しかも、家に火ぃつけられても実家に戻りもしねえでまだ居座ってんだ。近くにはいないんだろ？」

「そう、ですけど」

ホランドは。

「それならお前――今すぐ、どっかに逃げちまえ」

そう、言ってくれた。

「え――」

「とぼけた顔してんなよ」

彼は笑って、

「前にも言ったろ。いざってときには荷物纏《まと》めてこの街から出てけって。……今が、そのときなんだよ」

「でも、私、」

「もういい。突っ張るな。生きてりゃ、引いた方がいい場面が必ずある」

彼は、唇の隙間から白々と息を吐きながら、

「本当を言うとよ、お前だけじゃねえのさ」

「……どういう、ことですか？」

「パーティ全員が、だよ。昔から……いや、昔からってわけじゃねえ。あいつが魔剣を拾ってから――みんな、あいつに脅されてんのさ」

クラハの水色の瞳が、夜に大きく見開かれる。

「それって……」

「深くは訊くな。……そういうことがあった、ってだけのこった。今回のこともそうだ。お前が特別悪いわけでも、弱いわけでもねえ。だから――」

「いいや、訊かせてもらう」

三人目の声は、クラハの背後から聞こえてきた。

振り向かずとも、彼女にはそれが誰のものなのかわかる。

ついさっき、ちょうどホランドがこの家に訪ね来るよりも前に、彼女自身が迎え入れていたから。

しばらくは君の家で異常がないか見張ろうと言って――夜の用心棒を買って出てくれていたから。

「聖騎士――」

「もう、知らぬ存ぜぬは通さんぞ。この耳で、はっきりと聞いたからな」

聖騎士団第四分隊長、アーリネイト。

それでもほんの少しだけ、ホランドは計算するような表情を見せた。どことなく、視線がこの場所ではないところに向いている――それは、人が物を頭の中で考えているときに見られる共通の仕草。

けれど、結局は両手を肩のあたりに小さく挙げて、

「家族にはちょっと出てくるって言ってあるだけでね。使いを送ってくれると助かるよ」

「ああ。うちのを伝言に送ろう。……クラハくん、家の中を使わせてもらっても？」

実質的に、その諾否の決定権は彼女の手の中にはない。

だからクラハは、「はい」と予定調和的に頷いて、二人を家の中に招き入れた。

テーブルの上にはすでに冷めた紅茶のカップが二つ――ホランドは自然、そのカップのない椅子

に着座する。

しばしの沈黙だった。

クラハがキッチンからもう一つのカップを取り出して、保温中のティーポットからホランドの分をとぽとぽと注ぎ終われば、それでようやく、話が始まる。

ゴダッハの野郎も、と。

「昔はあんな奴じゃなかったのさ」

どこか、懐かしむような……あるいは、悔やむような声色で、彼は言った。

「そうじゃなかったら、俺だってこんなパーティには入らねえ。よしんば入ったとして、家族を作ったり――悪党の巻き添えを増やしゃしねえよ」

自虐的な言葉。けれどそれがある種の本音であることもわかっていたから、クラハは、

「そんな言い方は……」

「気に障ったなら悪いな。が、まあ事実だ」

ホランドは紅茶の入ったカップの取っ手を指先で抓《つま》みながら、しかし口に運ぶことはせず、話を続ける。

「結構、いいパーティだったんだぜ。言っちゃあなんだが、Bランクくらいにいた頃が一番ノッてた。チームワークと戦略で攻略していくタイプでな。中核の主力メンバーはこのあたりで入ってきたやつらだよ。他のところじゃ自分の力が上手く発揮し切れねえ……そういう奴らの、言ったら再

生工場だな。あいつにはそういう才能があった」

「それが、どうして仲間を背中から斬りつけるようなパーティに？」

アーリネイトの鋭い問いに、ホランドは瞼を閉じて、

「……どうなんだろうな。魔剣を拾ったのが契機だってことは間違いねえ。あれからあいつの人が変わった。今までの、頼れるリーダーじゃなくなった。……どういう心の動きだったのかは、俺にゃわからねえが」

「魔剣はどこで？」

「Aランク迷宮だ。このへんに拠点を移すより前――〈それは遥かなる深海に似た《ディープ・ディープ》〉って名前がついてた」

ああ、とアーリネイトは頷いた。

「報告書で読んだ覚えがある。確か、塩分濃度の濃い水場があったという」

「そうだ。あそこでの課題はいかに飲み水を確保するかってことで……まあいいか。所詮はもう、解かれちまった迷宮だ。今更うだうだ解説することもねえだろ」

そんなことはない、とひそかにクラハは思っている。

Aランク迷宮ともなると、自分では遠く及ばない凄腕の冒険者たちがその知力体力の全てを懸けて挑む大魔宮だ。蔑ろにされていい冒険譚《ぼうけんたん》など、存在しない。

が、そのことを口にする場でもないとはわかっていたから、クラハは口をつぐんでいた。

「言えるのは、俺たちにぴったりの迷宮だったってこった。戦闘難度よりも、移動難度の方が遥かに高い。さっきもちらっと言った通り、俺たちは歴代のSランクパーティどころか、同世代のAランクと比べてもだいぶ泥臭《どろくせ》えのよ。だから、そういう部分で差が付いた。俺たちのためにあるような迷宮だった……それが、な」

「魔剣はどのあたりで？」

アーリネイトが重ねて訊ねる。

「中層だった」

「……あまり詳しくはないが、魔剣とはそうした場所にはよくあるものなのか？」

「俺だって詳しかないさ。普通は見ねえと思うが、Aランクとなりゃ割合よくあるもんなのかも……くらいに思ってたな」

「ないと思います」

クラハが口を挟めば、二人の視線が同時に集まった。

う、としり込みするような気持ちもありながら、しかし彼女も続ける。

「その……私も最初にゴダッハさんが魔剣を持っていると聞いたときは、すごく驚いたんです。あの、私、冒険譚を収集するのが趣味で、ちょっとマニアックなものまで知ってはいるんですが」

「……ああ、妙に知識があると思ったんだ」

ホランドの言葉にどことなく気恥ずかしいような気持ちになりながら、

「そもそも、迷宮にそうした物……魔剣でなくとも、人工物が置いてあることって少ないじゃないですか。ホランドさんもわかりますよね？」

「ああ。そりゃな」

彼も頷いて、

「そういうのが欲しけりゃ、先史遺跡に潜るさ。迷宮潜りの目的は、踏破した先にある最深部の核を魔法制御して、迷宮内部に溜め込まれた魔力由来の鉱石・燃料資源の採掘を容易にすること――それから名誉と意地のためだ。……俺らにゃ、もう語る資格もないが」

彼の言葉の後半を、無理矢理にクラハは呑み込んで、

「迷宮が溜め込んでいるのは、もっと無秩序に魔力形成されたものです。何度かゴダッハさんの魔剣〈灰に帰らず《ヴァニッシュ》〉を見たことはありますが、あんなに綺麗な形で自然に発生することは、おそらくありません。……あ、それとも、〈灰に帰らず〉の原形になる魔鉱石を発掘して、その後加工した、というような話ですか？」

だとしたら、とクラハは思う。

いきなり話に割り込んで、知った風な口を利いて、恥ずかしいことをした、と。

しかしホランドは、いや、と首を振った。

「〈灰に帰らず〉は最初に見たときからあのまんまの形だったよ。ただ、俺の考え方はお前とはちょっと違う」

こつん、とテーブルを爪の先で叩いて、

「遺品だと思ったんだ」

そう、彼は言った。

「遺品って……他の、ですか？」

「そうだ。……珍しいこっちゃねえさ。もっとも、クラハが来てからの二年は〈それは遥かなる深海に似た〉踏破の功績計算待ちで大した迷宮に潜ってなかったから、実感が湧かねえだろうが」

よくあることさ、とホランドは言う。

「途中でパーティが全滅して、荷物だけが残るってな。そこまで物騒な話じゃなくても、その道の途中で攻略不能の判断をして、軽量化のためにその場に物資を置いて踵を返すこともある。そういう落とし物が、迷宮の中にゃよく転がってんのさ」

「しかし、魔剣ともなると何が何でも置いていきはしないはず――なるほど。だから遺品と睨んだのか」

そういうことだ、とホランドは、アーリネイトの言葉に頷いた。

なるほど、とクラハも彼の言うことを理解して、

「すみません。出しゃばったことを言って」

「いい、いい。若えのが出しゃばらねえでどうする」

つっても、と彼は座り直して、

「いい加減、本題に入らねえとな」

その声のトーンを、さらに落とした。

「……そうだな」

アーリネイトも、同じくして。

「先ほど言っていたな。脅されていた、というのはどういう意味だ？」

「そのままの意味だよ。……俺《おれ》ぁ一度、パーティを抜けようとしたことがある」

え、と思わず声に出した。

が、この場を止めるほど価値がある驚きではない——そう判断して、クラハは自分の口を、手で押さえる。

「俺だって自分の身の程くらいは知ってるさ。ゴダッハが魔剣を手に入れたことで、ネックだった戦闘力不足が解消されてとんとん拍子のAランク迷宮踏破。そのうえその迷宮の商業価値が評価されてSランク認定……そんな夢物語に耐えられるほど、俺は自分を大した人間だとは思ってねえ」

「それは卑屈か？　それとも、謙遜か？」

「事実だよ。……俺だっていい年だ。力のピークが遠のいてることは嫌でもわかる。んで、冒険者になる前にゃ幾分普通の——言い方がよくねえな。まあ、ゲンコツ使わねえような仕事をしてたこともある。Sランク迷宮なんて身の丈に合わねえ大挑戦で怪我する前に引退を……そんな風に考えたこともあるのさ」

それに、とホランドは。

「ゴダッハもそのころにはもう、どっかおかしくなってたからな。長いこと付き合ってきた仲間だけどよ……わかんだろ？　家族を抱えるようになったら、いつまでも諸手広げて大親友ってわけにゃいかねえ。守るべきものにも優先順位がある」

「……すまないな。私は仕事人間だから、容易くはそれには頷けない」

だが、とアーリネイトは言う。

「最低限の納得は示そう」

「難しい話じゃねえさ。俺がいなくてもゴダッハは生きていけるだろうが、家族はそうじゃねえって、それだけの話よ。だから、言いにいったわけだ。やめさせてくれって」

「そうしたら？」

ぐ、と。

ホランドの拳が、テーブルの上で握られた。

「その日、あいつは何も応えなかった。事務方に作ってもらった離脱届もただぼやーっと受け取るだけでよ。本当にこいつ大丈夫か？って心配になったもんだ。

が、要らねえ心配だったらしい。

家に帰ったらよ、あいつ、俺の家族と一緒になって、飯を囲んでやがった」

それは、と思わずクラハが口に出す。

ああ、とホランドもそれを認めて、

「脅しだよ。カミさんは妙な空気に気付いてたが、なにせ俺にとっちゃ仕事の上司だ。邪険にするわけにもいかねえ。薄ら笑いで思ってもねえような上滑りの社交辞令を吐いて、ガキの頭をへらへら撫でて——んで、食い終わって見送りの名目で二人きりになって、どういうつもりだって問い質したら、あいつはこう言った。

『わかるだろう』『二度と妙なことは考えるな』

……それで、俺の目の前で離脱届をビリビリに破って、終わりだよ」

動けなかった、とホランドは言う。

「何も俺だけがこんな目に遭ってるわけじゃねえってこともわかる。俺より正義感の強いやつもいりゃ、気の強いやつもいる。ゴダッハのやり口に対する愚痴だって、俺は裏で何回も聞いてきた。そいつらが急に無口になって、しかもずっとパーティに籍を置いてんだ。不気味だろ？」

「……彼らからは、直接訊かなかったのか？」

「訊けねえよ。俺だって、訊かれたら答えらんねえ。そうやって答えたことで、どんな不利益を被るかもわからねえからな」

だからだったんですね、とクラハも言う。

「ジルさんがあんな目に遭ったとき、誰も何もしなかったのは……」

「正直、俺もビビったよ。……ありゃつまり、あの場にいたほとんどの奴らが裏で脅しをかけられてたってこったろ。そうじゃなけりゃ、曲がりなりにもSランクまで上った冒険者の集まりだ。あんな無法、容認するはずがねえ」

「……なるほど、な」

アーリネイトが、深く息を吐いた。

「すべての元凶はゴダッハだった、というわけか。……道理で、誰も口を割らないはずだ」

「……結局は、保身だがな」

「団結して歯向かうことは――いや、そうか。ゴダッハが戦闘力の中核を担っていたのだったな」

束になったって敵いやしねえよ、とホランドは言った。

〈魔剣解放《リリース》〉なんざ食らったら、骨も残らねえ。……クラハの家に火が付けられたのも、脅しの一種だろうな」

「ゴダッハはこの近くにいると思うか」

「どうだか……。いてほしくねえとは思うがな」

あの、とクラハは声を上げて、

「ホランドさん、こんなことを言ってしまって大丈夫なんですか。ご家族は……」

口で答えるよりも先に、ホランドは手で、目の前のアーリネイトを示した。

「この間から、聖騎士団が俺たちの家の周りに張り付いてる。監視目的だろうが、流石にゴダッハの野郎が近付いてきたら、見てるだけってことはねえだろ？　教会に匿《かくま》ってもらえりゃ、流石の魔剣でも手は出せねえさ」

「……目敏《めざと》いな。応援が到着したのはつい先日のはずだが」

「家から出ない日々が続きゃ、些細な変化にも目敏くなる。それに、これでも一応は弓士だからな。目はいいつもりだよ」

これで俺の語れることは全てだ、とホランドは椅子に凭《もた》れ掛かった。

「ゴダッハはまだ見つからねえのか？」

「ああ。……一週間前からは人海戦術で近隣の食料品店に張り込んではいるが、一向に姿がない」

「冒険者はいざとなりゃ社会から距離を置けるからな。それだけのサバイバル技術はある。……それで、野郎がどんな風に聖女様の一件と絡んでくると思ってるんだ？」

しばし、アーリネイトは押し黙った。

それでもやがて――彼女の唇は開く。

「リスクを背負って情報提供してもらったんだ。こちらも、話すのが筋というものだろうな。……今回の一件、聖騎士団長らは滅王案件と睨んでいる」

「め……!?」

驚愕に、ホランドの目が見開かれる。

それと同じくして、クラハも。

「……一体いつの話をしてんだ、おい。御伽話じゃねえんだぞ。何千年前の外典が、なんで今更絡んでくる」

「滅王って……その、本当に現代で、ですか？」

二人の疑問に、しかしアーリネイトはねじ伏せることはしない。

それは、彼女も抱えている疑問だったから。

「君たちの言うこともわかる。私自身、滅王とこの一件がどう繋がっているのかは、未だにその線を見出せずにいる」

だが、と彼女は、

「三聖女からの口添えがあり……また同時に、魔法連盟からも同種の予知報告が見られるようだ。その予知者の中には、大魔導師も名を連ねている」

「なんだそりゃ……」

ホランドは、天を仰いだ。

「ゴダッハの野郎も、滅王案件に関わってるってことか？」

「そう睨んでいる。仮説だが、時期的に見るとその魔剣〈灰に帰らず〉が滅王の、」

「――――あの、」

二人の会話に、クラハは割り込んだ。

「ん？」「どうした？」

「いえ、その、気のせいかもしれないんですが……」

クラハは天井を見上げる。

光の魔法石が詰められたランタンが、カタカタと揺れている。

「揺れてます、よね」

「ああ」

「なんだ、この音……？」

ホランドとアーリネイトが立ち上がる。クラハもそれに続くようにして。

窓辺へと寄っていって、アーリネイトがそのカーテンを勢いよく開く。

そして三人は、夜空に鳥が飛んでいるのを見た。

ただし、象を食らいかねないほどに巨大で、禍々《まがまが》しい魔力を放つ、鳥を。

†

「今度はかえって僕の方が役立たずかな？」

「ようやく俺の気持ちがわかったか」

背後に立つユニスに軽口で返しながら、しかしジルは心の底からこう思っていた。

重い。

二つ目の扉を越えた先に待っていたこの迷宮は——とにかく重たすぎる、と。

「何か手伝えることがあったら言ってくれ。人が苦労しているのを横目にてくてくお散歩っていうのは、なんとも気が引けるからね」

「……ここでサッと仕事を渡せたら楽になるんだろうが、残念ながら思いつかない」

「そんなあ」

「ユニスくん、私と回復役代わる？」

傷ならともかく肉体的な疲労回復は僕じゃ効率が悪いよ、とユニスがリリリアに言う。その間にも、リリリアは指先でつ、とジルの腕に触れて、たった今の疲労と、それから魔獣との戦いの中でついた汚れを払ってくれる。

細く、ジルは溜息を吐いた。

ひとつ気を抜けばこれは大怪我だ、と思いながら。

魔獣の質がいきなり、がらりと変わった。

ユニスの上級魔法をものともしない。一匹一匹があの巨馬に匹敵する――とまでは言わないが、これまでの雑魚魔獣と比べるのもおこがましくなるような強さだ。これらが迷宮核から発生する引力を振り切って、一匹でも外の世界に抜け出てしまえば、小さな村くらいは容易く滅んでしまってもおかしくない。

それこそAランクの迷宮における階層主がこの程度の力を持っているのではないか――これまでに迷宮潜りの経験のないジルをして、そんな憶測をほとんど確信させるだけの、尋常ではない手強さだった。

「……剣が折れないかが心配だな」

「なんちゃって聖剣にしてあげようか？」

頼む、と言ってジルは剣も差し出す。

リリリアが短い呪文を唱えて、その剣が光り出す。

「うーん……。なんか僕、本当に役立たずだね」

「いい、いい。道案内だけで役に立ってくれてるよ」

「ユニスくんって、武器に付与する系の魔法は持ってないの？」

「いやあ。普段僕自身が武器を使わないからなあ……。攻撃力の上乗せみたいなやつなら感覚でできるけど、そういうのじゃないだろ？」

「ジルくん、この期に及んでまだ一刀両断だもんねえ」

この期に及んでってなんだよ。

そう呟きながら、またジルは剣を振った。

ず、と削れる音がして、襲い掛かってきていた魔獣が、空中で分断される。

短い呪文でユニスが、二つに分かれた魔獣の死骸が自分たちに降りかからないよう、その慣性移動の軌道を曲げた。

ぱちぱち、と彼は拍手をして。

「いやほんと、お見事だよ。最小の動きで最大の結果だ」

「ユニスだってやろうと思えばできるだろ、このくらい」

「そりゃ、やってやれないことはないけど……。上級魔法の中でも火力が高くて燃費が悪いやつをバンバン連続で、っていうのはあんまり現実的じゃないよ」

そうだな、とジルは頷いて、

「いざってときにすっからかんでも困る。それこそ、階層主にぶち当たったときには頼りにさせてもらうさ。……ちなみに、俺がいなかったら、どうやってここを攻略する？」

「思い切り魔力を込めて、階層ごと焼くかなあ。そうすればセーフゾーンも作れるだろうし……」

ただ、消費した分の魔力を戻すのに時間がかかるから、こんなに速くは進めないね、と。

「でも、もうちょっと重たくなってきたらそれもありかもね」

リリリアが言った。

「ジルくんもずっと集中してるの、疲れるでしょ。どこかで一回それをやって、立ち止まってみてもいいんじゃない？」

「……そうだな。一刀で仕留められないか、俺が手傷を負うかしたら、一回やってもらおうか」

「了解。それ以外でも疲れが来たらいつでも言ってくれよ。よろこんで仕事をさせてもらうから」

頼んだ、とジルは頷いて。

また一刀、魔獣を斬り滅ぼす。

あの最後の扉を開く前にあったような楽観的なムードは、今は少し鎮まっていた。

元々の三人の性格もあって、沈鬱なそれにこそなってはいないが……しかし、この三人をして真剣の態度を強いられている。

「本来、迷宮ってこういうところなのかもな……」

「いや〜、大変だね。冒険者の人たちって」

「だとしたら僕も、あんまり何度も潜りたい場所じゃないな。……君たちみたいな、頼りになる人と一緒じゃない限りは」

おそらく、とジルは思う。

あのまま〈次の頂点〉に所属してこの冒険を続けていたとしても、この場所には辿り着けなかっただろう。

そもそもあの二つ目の黒い扉を開く時点で、かなり高度な魔術知識と神聖魔法の能力を要求されるらしいのだ。あのパーティにそれほどの使い手がいたかは疑問だし、たとえその奥に入ることができたとしてもこれほどの強度を持つ魔獣を相手に、あのメンバーたちが戦えたかどうかには、素直に頷けないところがある。

さらに言うなら、たった三人で動いているからこそ、この程度の接敵数で済んで、かつ己の剣だけで周囲の領域をカバーできているという点がある。

あの大所帯で入り込んでしまえば、自分だけでは届き切らないところも出てくる。彼らの冒険者としての能力が低いとは口が裂けても言えないが、しかし戦闘者としての力を見る限り、初めに来た魔獣を処理しようと手間取っているうちに二匹目、三匹目と嗅ぎ付けられ、やがては処理不能になるだろうことは想像に難くない。

この三人だから、この迷宮の、この深みに潜れている。

そのことを思えば、ふと。

「……何か、意味があったのかもな」

自分がここに落ちて来たことにも、と。

そう、呟いていた。

「お？」「うん？」

「いや、独り言だ」

「ジルくん独り言多いよね」

「えっ……そうかな……」

そうだよ、とリリリアが言う。

「前も『……なるほど、そういうわけだったか』とか一人で言ってなかった？」

記憶を掘り起こして。

あの夜か、と。

「いや、あれは……」

「そういえば、一人暮らしの人は独り言多くなるって言うね」

「それって単に、人の話す量自体は変わらなくて、その言葉が人に向けられているかどうかが変化するって話なんじゃないかい？」

「ちょっとそれ気になるね。検証して……って、あ、ごめん。うるさかったよね」

いやいい、とジルは首を振って、

「周辺警戒っていうのは適度に気を散らしてた方が……っと」

先頭を行くのを、立ち止まって。

「行き止まりだな。どうする？」

「……いや、違うよ」

主部屋だ、と。

ユニスが言った。

ああ、とジルも頷いて、

「ダメだな。扉か壁かもよく見えない……」

目を細めて、顔を近づけて、かろうじてユニスの言葉に薄く納得した。

「引き返す？」

リリリアが言った。

「いや」

ユニスがそれを否定する。

「もうだいぶこの階層は周ったよ。マッピングこそできてないけど、もう行く道行く道印がついてる。……たぶん、ここを越えないと次の階層には辿り着けない」

とうとうか、とジルは頬を引きつらせながら、剣を握り直した。

「三日目にして初だな」

「正直、僕は不安だよ。これまでの雑魚魔獣と階層主との力の差がそのままこの階層でも通じてしまうとしたら……」

そうだろうな、とジルは頷く。

自分は剣士――剣を振る目的なんて、大抵は強い生き物を屠るためだ。だから、毒竜殺しの経験もあるし、自分よりずっと強大な生き物を相手取ったことだってある。

が、二人は聖職者と魔導師だ。

もちろんその力は戦闘でも――実際に、ここまでジルが力を借りてきたように――卓越して発揮されることはわかっているが、しかし、二人とも『戦う』ことを主軸にした生活を送っているわけではないはずだ。

不安に思うのも、これから待つだろう戦いに実感が伴わないことも、無理からぬことだと、そう思う。

「……一旦、ここで今日は泊まるか」

「え」「え？」

二人とも、驚いたような声を出して、

「まだ全然お昼くらいじゃない？」

「何か考えがあるのかい？」

「いや、考えってほどじゃないが……」

一度切り替えた方がいいかもしれない、と頬を掻いた。

「ここに来るまでに、どうしても雑魚魔獣の強さが植え付けられてる。……階層主の強さがどのくらいかわからない以上、一旦睡眠でも挟んで、その感覚を忘れた方がいいと思う」

大して根拠のある提案ではない。

階層主の強さはわからない。が、わからないなら最悪の場合を想定しておくべきだろう。

ここら一帯に蔓延《はびこ》って自分たちを苦しめていた雑魚魔獣とは到底比べ物にならない――それこそ、自分たちですら全てを出し切った死闘を強いられるような相手。あるいは、それでも及ばないかもしれない相手。そのくらいのものを想定するべきだと、ジルは考えている。

しかし、本当にそれが出てきた場合、おそらく自分たちの心には、甘えが出る。

雑魚魔獣の相手はできたのだから――あれがあのくらいの強さなら、目の前の存在はきっとこのくらいの強さのはずだ。そんな現実逃避に近い楽観が、生まれてしまう。

それなら綺麗さっぱり、一度切り替えてから向かうべきだと、そう思ったのだ。

しかし。

「いや、それならむしろ、今日のうちに一度見ておくべきなんじゃないかな」

そう、ユニスは言った。

それから彼は、「あ、」と慌てたように、

「ごめん。ジルの意見を蔑ろにするわけじゃないんだけど……」

「いや、いい。なんでも言ってくれ。正直俺も、こういう状況の判断にいつでも自信を持って動けるほど経験を積んでるわけじゃない」

「そうかい？」

それなら……とユニスは続けた。

「慎重を期すなら突破は明日起きてからにしようというのには賛成だ。でも、それなら今から主部屋を覗いてみるって選択肢もありなんじゃないかと思う。そうすれば――、」

「階層主の程度を見て、作戦を立てる時間ができるからか」

「イエス。そういうこと」

階層主は通常、主部屋から出てくることはない。

『主部屋というのはつまり階層における魔力の中心地であり、そこから離れると階層主も力を失うから』あるいは『そもそも階層主というのは主部屋という領域的な縛りを受けることで限定的にその強度を得ているから』など、その生態を説明するための仮説はいくつもあり、またそのどれが決定的であるとも言えないが、しかし、とにかくそうなっている。

だから、ユニスはこう提案したのだ。

少し中に入って、その様子を見てみよう。

そしてすぐに離脱すれば、情報アドバンテージを取得した状態で、これからの夜明かしの時間を有意義に使うことができるはずだから、と。

ジルもそれに、異論はないように思われた。

「確かに、それもいいかもな」

「そうだろう？　それに、予想より弱かったらそのまま倒していってしまってもいいし」

しかし三人のことだ。自分とユニスの間だけの合意で話を進めるのもよくないだろうと思って、

「リリリアは？　どう思う？」

彼女にも訊ねた。

が、しばらく答えは返ってこなかった。

「リリリア？」

「……うーん……」

彼女は珍しく、本当に悩んだ声とともに、

「こんなこと言われても、たぶんふたりとも困っちゃうと思うんだけど……」

「いいって。気になったことは言ってくれ」

そうジルが促せば、彼女は。

「……この扉、開けない方がいいと思う」

根本からジルとユニスの会話を否定するようなことを、言った。

「……それは、どういう？」

ユニスが訊く。

「『ろくなことにならない』気がするから。……でも、変なんだけど、それと一緒に『今すぐここを開けないと、もっと大変なことになる』気もする……」

ごめんね、とリリリアは言った。

「こんなこと言われても、わかんないよね」

「……いや、ううん……」

ジルが何とも応えづらく唸っていると、

「……わからないでも、ないかもしれない」

ユニスがそう、呟いた。

「なんとなく……いや、そうか。さっきから妙な感覚がすると思ってたんだけど、リリリアに言われてわかった。その感覚だ」

「俺は別に、そんな感じはしないけどな……」

ひょっとすると、とユニスが言う。

「三聖女が感知した邪な気配と、同じようなものを僕らも感じているのかもね」

「……ああ、なるほど」

それでようやく、ジルも納得した。

「それじゃあこの先に、それこそ本当に滅王関係の強力な何かが転がってるってことか？　……確かに、それなら俺みたいに魔力勘が薄い奴はわからないはずだ」

「上位の外典魔獣がいるのかも」

上位、とユニスの言葉をジルは心の中で繰り返す。

国ひとつを滅ぼしかねないほどの強さの。

しかし何にせよ、と彼は、

「――二人がそう言うなら、開けてみるか」

「いいのかい？」

「ああ。ユニスの案も有効だと思うし、それにリリリアも、いますぐここを開けた方がいいかも、とは思ってるんだろ？」

訊ねれば、リリリアは少し間を開けてから「うん」と答えた。

「俺にはそのへんの感覚はわからんが、何にせよ、開ける理由があるなら開けてみた方がいいだろ。元々、様子見なんて言い出したのも俺の思いつきなんだ」

ただ、とジルは付け足す。

「切り替えてくれよ。……この階層のレベルを考えると、様子見の段階で壊滅的なダメージを食らってもおかしくはない。自分たちの力を過信しないで、必要だったら攻略を諦める――そのくらいのことを視野に入れておいてくれ」

ああ、とユニスは頷いた。

「そこは、実戦経験豊富な君に従うよ。想像の何倍くらい絶望しておけばいい？」

「三十倍くらいだな。……自分より格上の魔獣と戦うときは、全部が致命傷になると思った方がいい。顔合わせだと思って気を抜くなよ。決着の五割は初太刀でつく」

「早くも自分の提案を後悔しそうだ」

軽口を叩きながら、しかしその声に芯が入っているのがわかる。

この分ならユニスは平気だろう、と思ってジルはもう一人の方へ。

「リリリアは、それで平気か？」

「ジルくん」

「ん？」

きゅ、と指先を握られた。

「え、」

「すごーく、重めに防御魔法をかけておくから」

彼女が呪文を唱える。

ぱあぁ、と身体に光が宿る。

ドキドキして損した、と思いながらジルは、その魔法をかけられた身体で手をグッと握り、パッと広げ、

「――いや、悪い。もうちょっと軽くしておいてくれ」

「…………なんで？」

「防御魔法をかけ過ぎると身体が固まるんだ。このレベルで高度だと、肘や膝を動かすときに軋む」

「…………ふーん」

「……怒ってる？」

「怒ってないけど」

じゃあ一旦消して、とリリリアが魔法を解除して。

もう一度、かけ直して。

「これくらいならどう？」

「ああ。これくらいがちょうどいいかな」

じゃあ、とリリリアは自分と、それからユニスにも同じように魔法を施す。

二人の分は、少し重めに。

「ジルくん」

それから、彼女は言った。

「それでも死んじゃったらごめんね」

「……いや、なんてことを言うんだ」

不吉な、とジルは引きつった顔で。

しかしそのくらいの心構えでちょうどいいかもしれないな、と思いながら。

「それじゃあ、準備はいいか？」

扉に、手をかけて。

「うん」

「いいとも」

二人の肯定が返ってくるのを聞いて。

「——よし」

と、頷いて。

「開けるぞ」

声をかけて。

その手に力を込めて。

扉が開いた瞬間、彼の身体の体積の、およそ半分が削り取られた。

ユニスはそれを、はっきりと見ていた。

この現代で最も優れているだろう剣士の一人――ジルがその身を、主部屋の中から飛んできた光線に焼かれる瞬間を。

腰を中心に、その鍛え上げられた左の上半身と、下半身――それが抉《えぐ》り取られ、血飛沫を噴き出すべき血管の断面すら焼き尽くされる瞬間を。

そして彼が、顔の半分を失ってなお、自分とリリリアに手を伸ばし、その光線の射程圏外へと押しやったその姿を。

「〈星よ――、」

呪文を唱え始めながら。

さらに、ユニスの視界には新たな景色が映り込んでいた。

目を焼くような激しい光。それはおそらく、光線の第二射の予兆。

「――東へ――」

それから自分を庇い立てるようにして、リリリアが覆い被さってくる姿。

最も卓越した神聖魔法の使い手である彼女が、その防御魔法をなすすべもなく溶かされていく光景。

その光線が、リリリアの身体を焼き尽くし、己へと届く。

その、一瞬にも満たない僅かな時間に、ユニスは呪文を。

「――――堕ちろ〉！」

もはやそれが肉体の声なのか、魂の声なのかもわからぬまま。

けれど確かに、唱え終えた。

ゆえに時は、たった一秒、巻き戻る。

身体と、意識が存在していた。

けれど魂は、その場所になかった。

だから魂に追いつくために、奔《はし》った。

それ以外にジルが動き出した理由は、どこにもなかった。

目も眩むような光が、今にも爆発しそうに輝いている。

ぼんやりとした視界の中で、それだけは見て取れる。けれど思考が動き出すのはもう少し後のことで、だからジルは、それが何を意味するのかわからない。

ひょっとするとその光を見て、懐かしいと思う気持ちも浮かび得たのかもしれないが――――しかしこのとき、彼の中にあったのは、たった一つだけ。

何度も何度も思い描き。

何度も何度もその手で試してきた、必殺の動き。

この刹那の中で、彼は永遠だった。

あらゆる周辺から切り離された孤独な時間平面の中を自在に行き来する、たった一つの存在。時間の概念の消えた世界の中で、唯一運動しうる現象だった。

秘剣〈月の夢〉。

それは太陽の光を待たずして自ら輝き出す、月のように。

かつての彼を葬り去った光速の一撃に、さらに先んじて。

「――――ア、」

断末魔は、あまりにも短く。

ばしゅう、と霧は噴き出して。

抜き放たれた剣を、キン、とその鞘に納めた瞬間に。

「え――――」

ようやく、その身体と意識は魂を取り戻す。

敵手を斬り殺さんと先んじていた魂に、ようやく追いついたから。

大きく、魔獣の地に沈む音が響いた。

「なんだ、今の――」

茫然として、彼は呟いた。

記憶がある。

手を握る。開く。ぼやけた視界の中で、その動きだけを像として収める。

倒した、
らしい。

けれど自分はついさっき、主部屋に入り込んだ瞬間に階層主に不意を打たれ――いや、言い訳だ。自分の反応不可能な速度で初撃を叩きこまれ、その身を焼いたはずではなかったか。

神経が痛覚を遮断するのが間に合わなかったのだろう。

たった数瞬ながら――決してその先の生を望むべくもないほどの痛みが走ったはずである。

なのに、どうして。

いま自分はこうして生きながらえ――そしてこの手に、その階層主を斬り滅ぼした感触が残っているのか。

それに、この身に宿るこの感覚は――。

「動かないで～、ユニスくん」

リリリアの声が聞こえ。

そしてそれとほとんど同時に、ごぽ、と水気を伴った咳の音が聞こえた。

「……ユニス？」

そうだ、二人は。

慌ててジルはその声のした方に駆け寄っていく。かなりの距離が開いていた。ついさっきの自分が、この間合いを一瞬で詰めて秘剣を放ったことがとても信じられない。やはりこの感覚はそうなのだろう、と思いながら。

「どうした。何があった？」

問いかければ、リリリアは答えず、しかし血咳を吐く音がしてからユニスがそれに返す。

「ふ、ふ……かなり、無茶を、」

「喋っていいなんて言ってないでしょ」

がこん、と鈍い音がした。

「…………おい」

若干引き気味で、ジルは訊ねる。

ここまで近くに寄れば、眼鏡がなくとも何となくの状況はわかる。赤い色が激しい。おそらく、ユニスは怪我をするか何かして膨大な量の血を吐き流し、そしてリリリアがそれの治療をしているのだろう。神聖魔法に特有の清潔な光の像が、その想像を裏付けていく。

そして同時に、リリリアのであろう手が動いて、ユニスのものであろう頭を殴るのが見えた。

「リリリア、あなた今、怪我人を殴打して……」

「どうせ後から治すんだからいいの」

有無を言わせぬその口調。

穏やかながらしかし、反論をするにもなんだか奇妙な怖さがあり、とりあえずユニスが無事かどうかだけでも確認しようかと、「おーい」と呼びかけようとして、

「怒るよ?」

「…………」

「座って待ってて。ちょっと時間かかるから」

はい……とすごすごジルは距離を取り、地べたに三角座りをした。


「いやあ、死ぬかと思った」

三十分後。

ユニスはその身体を起こし、確かな声でそう言った。

「いや、というか死んでたね。完全に。確かにジルの師匠の言う通りだ。調子に乗ってると痛い目に遭う。これからはできるだけ謙遜しながら生きていくよ」

すっかり元の調子の饒舌に、ほっとジルは胸を撫で下ろした。

主部屋の中で話をしている。

この部屋は階層主以外の魔獣は立ち入らず、それさえ討ち滅ぼしてしまえば便利な場所に変わると、彼らは知っていたから。

念のため、リリリアが周囲を重ねて聖域化すらしてくれているから、ひとまずのところ、無闇に戦闘に巻き込まれる可能性はないと言っていい。

だから、ジルもようやく訊けた。

「さっきのは一体……」

「時を戻した。一秒だけね」

不敵な声で、ユニスは言った。

「僕の大魔導師認定の要因の一つになっているのがこれさ」

「あ、それが例の新しい魔法だったの？」

「そうそう。これが星の果てで見つけた新たな秘法。本当は、もっと星並びを気にして、ありえないほど面倒な準備をしてようやく発動するものなんだけど……」

無理矢理やっちゃった、とユニスは言う。

「元々大して長い時間は戻せないから、やってることはすごいけどできることはそんなにないって感じの魔法でね……。いやあ、そのたった一秒の間にジルが階層主をやっつけてくれてよかったよ。悪足掻《わるあが》きが悪足掻きで終わらずに済んだ」

ありがとう、とユニスは言って。

「それに、リリリアも。君が庇ってくれなかったら呪文は唱えきれなかったし、秘法の代償にぶっ飛ばした内臓も全部返ってこなかっただろう」

ありがとう、とユニスが頭を下げるような声の裏で。

ジルは、ぎょっとしていた。

「内臓？」

「ああ。まあ、星の魔力もないところでこんな大魔法を使おうとしたら生命力くらいしか賭せるものがないからね。巻き戻した後……わはは。すごいよ。身体の中という中が風船みたいに大炸裂した」

パーン、ってね。

と、ユニスは言う。

パーン、ってね。じゃないだろ。

と、ジルは言った。

「ヤバすぎるだろ。寝てろ寝てろ」

「いや、それがリリリアのおかげで気分はスッキリ爽快さ。聖女どころか大聖女と名乗るべきだと僕は思うね」

さっきその大聖女はあなたの頭を殴ってたけど、と言おうとして。

「そうしようかな〜。大英雄、大魔導師って来たのになんで私だけ『大きい』がついてないんだろうって思ってたし」

「あ、やっぱり気になってたのかい」

「気になってたよ。すごく……ひそかにね……」

怖いからやめた。

まあでも、とリリリアは言う。

「あんな風に負けておいて、今更そんなこと言えないけどね」

「……僕、大魔導師って名乗るのやめようかな」

「ジルくんは？」

「……いや、俺、一度も自分から大英雄とか言ったことないし」

それから三人。

はあ、と深く溜息を吐いた。

「死んだかと思った……いや、死んだ。ユニスがいなかったら……」

とジル。

「げっそりしちゃった……。もう動きたくないい〜。……あ、二人とも、治してたときちょっと冷たく当たっちゃってごめんね？」

とリリリア。

「いや、もう全然。……でも、これはちょっと厳しいな……」

とユニス。

とにかく互いが互いに、たった一人でも欠けていたら今この場に三人が揃ってはいられなかっただろうということはわかっていたので、ひとしきり「ありがとう」「ありがとう」と感謝を交換し合って。

これからのことを、話し始めた。

「……ジル。ここから先、さっきみたいな調子で階層主をボコボコにできそうかい？」

ユニスの問いに、ジルは渋い顔で拳を握る。

「……正直、わからん。さっきのは〈覚醒〉の効果もあっただろ」

「あ、やっぱりかい」

「二人もそうだろ？」

うん、とリリリアが頷いた。

「〈位階〉が上がった感じはすごいしたね。そうじゃなかったら、流石にユニスくんもまだ動けなかっただろうし」

「僕も多分……あの時戻しの秘法を使えたのは〈体験〉直後の〈覚醒〉の効果があっただろうな。普通はあんな風には使えない」

〈体験〉と呼ばれる現象がある。

どこかの誰かが厳密に定義しているわけではない……そして、一般的な市民は生活する上で一度も意識しないことがほとんどだ。

が、間違いなく、彼らのような人間であれば一度は聞いたことがあるはずの現象。

〈体験〉が起こるのはまさにその名のとおり、強烈な体験に見舞われた瞬間のことである。

わかりやすく言ってしまえば、生死の境を彷徨《さまよ》うような場面。

あるいは、自分より遥かに強大な存在と遭遇したり、またそれを討ち倒したりした瞬間。過酷な試練に打ち勝った瞬間。魔導師であれば、大いなる真理の一端に触れるような、強烈な認知を得た瞬間。

そうした瞬間――〈体験〉と呼ばれる現象が発生し、その人物の能力を大きく引き上げることがある。

短期的には〈覚醒〉と呼ばれる状態になり、これまでからは考えられないような出力を発揮する……ジルが目の前の階層主を一刀の下に斬り伏せたのは、まさにその影響だと思われた。

また、長期的には〈位階〉の上昇……これまでとはそれこそステージが違うと思わせるほど極端で大足な成長を彼らに実感させる。もちろんこの〈位階〉の上昇がなくとも成長を続ければやがて同じだけの力を得ることも可能ではあるものの……しかし、その時間を大幅に短縮できることから、〈体験〉の有無は戦士や魔導師の実力に大きく反映されることが多い。

彼らはと言えば、

「これで三回目……かな。俺は」

「お、同じだ。僕も三回目だよ」

「私も～。三回目仲間だ」

冒険者ですら一度の〈体験〉もなく生涯を終えることも珍しくない中。

この場における三人の若者たちは、すでに三度を終えていた。

「〈覚醒〉の効果はまだ残ってるか？　俺はたぶん、消えた」

「僕もだね。使い切っちゃったみたいだ」

「私はちょっと残ってそうだけど……たぶん、本当にちょっとだけ」

「となると、実力勝負か……」

脇へ置いた剣に指先で触れて、彼は、静かに。

「引き返そう」

そう、告げた。

妥当な提案だと、ジルは自分では思っている。

〈体験〉を経た。それによって地力も上がった。おそらく今ならあの毒竜殺しのときの師匠と同程度の力があるのではないかと自分では思うが……〈覚醒〉の効果なしでもう一度あのランク帯の階層主と遭遇して生き残れる自信は、あまりない。

決してあのとき……光線にその身を焼き切られたとき、自分は油断をしていなかった。

純然たる実力勝負の結果として、頭から虫けらのようにあしらわれたのだ。

世界は広く、いまだ自分の力はその広さに見合うだけのものではない。

そのことを、自覚したから。

「命あっての物種だ。上側に戻るのもまた時間はかかるだろうが……それでも、二度と戻れないよりはずっといい」

〈二度と空には出会えない《アビス》〉。

この最高難度迷宮が持つその名の意味を、改めてジルは理解していた。

「……そうしたい、ところなんだが……」

しかしユニスの反応は、渋いものだった。

ジルはこれを意外に思う。

確かに、ユニスはやや自信過剰気味の発言が目立つ。が、それが単なる考えなしの放言ではなく、客観的な分析に基づいたものであることは、この二ヶ月弱の間の同行を通してわかっていたから。

「何か、理由があるのか？」

「……実は、ずっと引っかかってたことがね。リリリア、」

彼は、彼女に呼び掛ける。

「うん？」

「ジルがいま倒してくれたあの階層主。あれも外典魔獣だろう。どのくらいの力がある？」

一瞬、リリリアは口を噤んで。

「……えー。言っちゃっていいの？」

「いい。予想はしてる」

「ジルくんは？」

「……ん？　いや、別にいいけど」

何だその質問、と不思議に思って。

次の彼女の言葉で、それを言わずに済ませようとした理由がわかる。

「中位。しかもたぶん、直接の戦闘能力は下から数えた方が早いやつ」

「は――――？」

こんなことを言われたら。

ちょっとばかり、希望を失う。

「こ、これでか？」

「これでです」

「……ああ。やっぱり当たっちゃったか……。もう少し、詳しく訊いても？」

いいよ、とリリリアは言う。

もうこれだけ喋っちゃったら同じだから、と。

「〈オーケストラ〉っていう種類の鳥……鳥？で、大体はその下位種の〈インスト〉っていう……これもまた鳥かな。そういうのを従えて軍団で襲ってくる魔獣だね。

集団で一方的に蹂躙《じゅうりん》するのが得意なタイプみたい。厄介なのはその下位種への支援機能がすごく強いことで、一体一体が下位種と中位種の中間くらいにまでなるから、集団戦だとすごく厄介だったみたい。ラスティエは『本体だけ殴ればサクッと勝てる』って言ってたけど」

「サクッと、って……」

「本当にラスティエってそんなことを言ってたのかい？　いや、内容じゃなくて、口調の話ね」

それはどうかな、とリリリアは言った。

内容じゃなくて、口調の話。

でも、とジルは言う。

「この部屋にはその〈インスト〉？がいないぞ。別種なんじゃないのか」

「ううん。おでこを見れば――って、ジルくんは見えないのか」

あのね、とリリリアは、

「外典魔獣って、身体のどこかしらに数字付きの魔法陣が描いてあるんだよね。それを見れば、絶対に種類は間違わない。〈オーケストラ〉だよ、あれは」

「……そうか」

受け入れろ、とジルはきつく目を閉じた。

自分を殺した相手は、外典魔獣の中でもそれほど強くない部類だった。謙虚なつもりでいながら、間抜けにも自分の実力を過大評価していた。情けなくも自惚れていた。それを受け入れろ、と。敗北を認めないで強くなれる人間もいるが、自分はそのタイプではない。自分の腕に持っていた中途半端なプライドを捨てて、ここをスタートと思って切り替えろ、と。

しかし、それを受け入れてしまうと、

「……つまり、上位の外典魔獣になると、〈体験〉後の今の俺たちでも全く歯が立たない可能性があるわけか」

下位種と中位種の力を考えれば、そうなってしまう。

「まあそんな、落ち込まないで」

と言ってリリリアが、ジルの肩を撫でた。

落ち込むなと言われても、落ち込むものは落ち込む。

しかしそれと、立ち止まるかどうかは別の問題で、

「なおさら、戻った方がいいんじゃないか。次に遭遇したのが上位種だったら詰みだ。〈体験〉もそう都合よく二度も三度もは起こってくれないぞ」

「僕もそう思う。……でも、ひとつ気になることがあるって、言っただろう？」

ねえジル、と。

ユニスは、膝を詰めてきて。

「君は、第三層の階層主を倒したと言ったね」

「……？　ああ」

「階層主は『倒れた』んじゃなくて、『倒した』んだね？」

質問の意図はわからない。

が、とにかくジルは正直に頷いて。

「そうだ。前も言った通り、味方の〈魔剣解放〉で土台が崩壊して、階層落下中にどうにか……」

「第三層の階層主は、『君と一緒に落下』して、『主部屋を出てもなお倒れることなく』君と戦ったんだね？」

「……そのとおりだ。おい、まさか……」

なに？とリリリアが訊ねる。

何と言うわけでもないが、とユニスが答える。

「最後に。ジル、君はその三層の階層主の身体のどこかに、数字があるのは見つけたかい？」

「……うろ覚えだが」

促されて、ジルは言う。

すると、リリリアがその数字の意味を教えてくれる。

「下位種の中でも、上から数えた方が早いのだよ、それ。〈ナイトメア〉より上の……」

材料は揃っている。

そういう風に、ジルには思えた。

だから。

その予想を。

「まさかあのとき俺が倒したのは、階層主じゃなかったのか？」

……そこからユニスが語ったのは、裏付けのない推測だった。

迷宮の階層主は、その深層に進めば進むほど力を増す。そのことに関して、例外はない。対峙する者との相性によってその攻略難度が波することこそあれ、その内包する魔力の程度は、必ず増加していくようにできている。

それなのに、ジルが第三層でそれほどの相手と鉢合わせているのはおかしい。

それが、違和感の始まり。

そして同時に——階層主は、主部屋からは出てこない。

いかなる法則が働いているのかはわからないが、そういう風にできている。

それは、彼らの命を奪うほど強大だった〈オーケストラ〉すらも従う法則だ。扉を開けるまでは、階層主からの攻撃はなかった。そのルールに、中位の外典魔獣すらも従うようにできているのだ。

それなのにどうして下位の外典魔獣が、主部屋から飛び出しながら、なおかつ変形してその真の姿を見せ付けることまでできたというのだろう。

その答えとなる仮説がある。

「第三層の魔獣は、迷宮の中に生きる魔獣じゃない。外典魔獣——しかもその中でも、すでにこの迷宮の重力から解き放たれた魔獣だったんだ」

迷宮の内外問わず、魔獣は存在している。

が、その強弱は通常、迷宮の内部にいるものの方が遥かに上。迷宮の外において、彼らは自らの肉体を維持する以上の魔力供給を得ることができないからだ。

迷宮とは、魔力の吹き溜まり。

それによって自然形成される、特殊な場。同程度の魔獣が生息できるのは同じく自然形成された魔力スポットや、先史文明が遺した大遺跡の他には存在しない。

しかし、それは現代における話だ。

外典時代——すでに遥か遠く、砂に埋もれかけた古き夜の時代。

魔力は今よりもずっと濃く大気に匂い立ち……魔獣もまた、人や獣の恐ろしき隣人として、世界を闊歩していた。

魔獣はその強大な力を保ったまま、外の世界に出て行くことができたのだ。

しかしそんなことが現代に起こりうるのか、とジルが訊けば。

最悪の場合には起こりうるのだろう、としか言えない、とユニスは答えた。

「現実に、僕たちの目の前には外典魔獣がいる。歴史の中から再び這い現れた命の簒奪《さんだつ》者たちが。

……それなら、外典時代の再演が行われつつあると言われても、それを強く否定することはできないさ」

「待てよ。流石に考え過ぎだ。確かに第三層は特殊例だったかもしれないが、そこまでは結びつかない。それに、何だって今———」

「封印、だったんだ」

そこから先は、リリリアが継いだ。

「外典には失われた頁があるの」

「失われた――？」

「そう。七百年前に起こった、図書館火災。あのとき、外典の原本の一部は焼け落ちてる。それに、第一写本の七冊も、示し合わせたように。第二写本からはもう、どれが本当だかわからないくらいに曖昧になってる……」

でも、と。

「今、ようやくどの真相が本当だったのかわかった。ラスティエは滅王を滅ぼしたんじゃなく、この場所に封印しただけだったんだね」

「……僕は、そう思う。本当はきっと、ここは自然発生の迷宮じゃない……。ラスティエの創り出した構造と、封印された滅王の魔力流出によって形成された、疑似的な迷宮だったんだ」

「きっと、再封印のための情報も失われた頁の中にあって……それごと燃えちゃったんだ。それか、誰かに故意に燃やされたか」

ジルは、足りないなりの知識で、彼らの会話に追いすがる。

「じゃあなんだ。封印が解けかけてるってことか？」

「うん、きっと」

「きっと、って……」

「でも、それならあの扉のことも説明がつくんだよ」

リリリアは言う。

「強力な聖職者と魔導師がいないと開かない扉……あれが何のために作られたのか、説明が付く」

「……再封印用の、通用口ってことか」

「あの扉を開けられるくらいじゃないと、再封印はできないって教えるためのものだったのかもしれないね。……それに、私だけジルくんのところまで転移魔法で降りてきたのは、そういう人だけが通れる近道を踏んだだけだったのかも」

馬鹿げてるぞ、とジルは髪をかき上げて、

「全部……全部、想像だろ。主部屋から出ても魔獣は姿を保てるのかもしれない。凶暴化するだけなのかもしれない。こんな滅茶苦茶な迷宮だから階層主の強さだってバラつくのかもしれない。俺の主観的な強度評価が間違ってたのかもしれない。それに――」

なんでよりにもよって今なんだ、と。

訊いたときには、もうジルは、察していた。

リリリアとユニスの確信めいた口調だけではないのだ。

自分の中の……かつて幼いころ、あの真っ白な雪原の中で壊れ、そして再び構成された直観が、こう告げている。

お前の勘では。

それは、本当のことなのだ、と。

運命のように、囁いている。

「〈位階〉が上がったからだろうね。僕は感じてる……この迷宮の奥底から洩れだしている、禍々しい魔力を」

「ごめんね、ジルくん。私も。私も……ここにラスティエがいたことがわかる。あの人が遺したそれが、もう消えかかってることも」

「……どうなるんだ。封印が解けたら」

わかりきったことを、ジルは訊ねた。

「もちろん、この程度じゃ済まないと思うよ」

「迷宮を模したことで縛り付けられている外典魔獣たち――それが、一気呵成に解き放たれる。中位だけじゃない。本当に封印が解けてしまえば、おそらく、僕たちがまだ見たことのない上位種まで目覚める可能性が……いや。間違いなく、奴らも目覚め、僕たちを滅ぼすだろう」

「滅王が目を覚ませば、その魔力が世界を満たす。……どこにいても、魔獣が存在できるようになる。たぶん、いまは普通の迷宮の中でしか生きられない魔獣たちも、全部。……きっと、私たちの文明も、先史文明みたいに滅びちゃうと思う」

だったらなおさらだ、とジルは言おうとした。

なおさら、ここで引き返すべきだ。

そんな重大な情報を、この三人だけで抱えているわけにはいかない。この迷宮を今すぐ引き返して、国に、世界に、そのことを伝えよう。自分たちは確かに強い。だが、一番というわけではない。それぞれの師匠に伝えよう。協力してくれる仲間を募ろう。慢心して自分たちだけで解決しようだなんて、思うべきではない。

今に始まったことではないのだろうから。

まだ、時間に余裕はあるはずだ、と。

けれどそんなことに、この二人が気付いていないわけがないのだ。

「……時間が、ないのか」

「近いうちに、皆既日食が来る」

そう、ユニスが言った。

「魔力が最も濃くなる日だ。……ひょっとすると、その拍子に封印が解けてしまうかもしれない」

「……それか、地上で何か動きがあるかも」

リリリアの言葉に、「地上で？」とジルは訊き返す。

「この街には大聖堂があるんだ。……妙に力が強くて、一体何のためだったんだろうと思ってたんだけど……でも、それなら納得がいく。地上から、滅王を封じるための楔《くさび》だったんだ」

「……それが、壊されるってことか」

「ありえると思う。皆既日食のその日に大聖堂を壊されても、私以外の三聖女は絶対にこの街には辿り着けない。その場にいる人たちだけじゃ、聖堂の再整備も、少なくとももう一度楔として使えるほどにはできないはず」

それは、とジルは言った。

「大聖堂を破壊するつもりの奴が、地上にいるって考えてるのか。解き放たれた魔獣は、第三層の一匹だけじゃないって……」

「それか、魔獣以外の滅王の信奉者……」

たとえば、とユニスは言う。

「この街の近くを訪れていた強力な剣士をあらかじめ潰して、いざというときのための計画を円滑に進めようとしている、冒険者とか。そんなことも、考えられないかな」

ゴダッハ。

あの男の顔が、ジルの脳裏に浮かんだ。

「もっとも、それは裏目に出たみたいだけどね。……さて、そろそろ行こう」

そう言って、ユニスは立ち上がる。

「時間の感覚が曖昧だ。……おそらく、僕の記憶と感覚を頼るなら、皆既日食が来るのは三日後の夜明けと同時。これから先の階層がどのくらい続いているかわからないが、それまでに少なくともこの奥で再封印をかけないと、僕たちの負けだ」

「そうだね」

続いて、リリリアも立ち上がる。

それから、ジルを振り返って、こう告げた。

「……ジルくん」

「…………」

「ジルくんは、関係ないいんだよ」

私たちと違ってね、と。

「私とユニスくんはこの場所に使命を持って来た……それにどっちが欠けてもこの滅王の再封印はかけられない。……でも、ジルくんは、いいんだよ」

彼女の顔は、ぼやけて見えないでいる。

それでも、その表情が真剣であることに、疑いはなかった。

ここから先に、命の保証はない。

元々なかったようなものだけれど……それ以上に。

運悪くまたこの先で階層主と遭遇することがあれば、死闘どころの話ではない。相手が上位種であった場合には、逃れようのない死がそこに待っている。

「ここまで私を連れてきてくれてありがとう。でも、ここまでで、いいんだよ」

本心からの言葉なのだと、ジルにはわかる。

もう三ヶ月近くをともに過ごしてきたから……だから、リリリアが本当の優しさから、そう告げているることがわかる。

けれど。

「――――僕は、我がままを言わせてもらうよ」

ユニスが、それを遮った。

「情けない話だが、日食まで時間がない。途轍《とてつ》もない強行軍だ。……君がいなくちゃ僕たちは、最奥まで絶対に辿り着けない。

君に戦う理由がないことは百も承知だ。その上で頼む。

力を貸してほしい。この世界のために、命を賭けてくれ」

ふと、ジルは。

己の手が震えていることに気が付いた。

いつぶりだろう……恐れよりも先に、感慨深いような気持ちになる。

弱さを知るための旅だった、とジルは思う。

この迷宮では、己の弱さと向き合わされた。

人の仕立てた眼鏡がなければ、ろくに戦えもしない。

自慢の剣も、まるで通じない。

命を奪われるばかりか、肩を並べた仲間の命まで、守れないでいた。

そして挙句の果てには、背負わされようとしているものの重さに、心が震えている。

どうして自分なのだと、嘆いている。

「────俺は、」

世には、もっと強い人間がいるはずだ。

リリリアやユニスはともかく──少なくとも自分は、そのうちの誰が代わりになってもよかったはずなのだ。

「剣を振るしか、能がない」

けれど。

この場にいるのは、まさしくその自分に、他ならなかった。

「冒険者ヅラして乗り込んできたのに、ろくに生活もできないし……眼鏡がないからって大して剣も使えない」

だから、とジルは、思うのだ。

仕方ない。

辿り着いてしまった以上は──たとえ迷い道の果てだったとしても、そこに辿り着いてしまったのなら。

自分の他に、誰もそれをできないというのだったら。

「そのうえ、方向音痴なんだ────。

誰かと一緒じゃなきゃ、二度と空には出会えない」

強さを背負ったまま、弱さに身を委ねてしまっても、仕方がない。

ひとりじゃどこにも行けないんだと。

だから、と。

そんな風に、言葉にしてしまっても――――。

「……ありがとう」

「……それで、いいの？」

「いいさ。むしろ、こっちからお願いしたいくらいだ」

ジルは、立ち上がり。

深々と、頭を下げた。

「頼む。最後まで連れていってくれ」

忘れてるかもしれないが、とジルは付け足して。

「俺だって、この迷宮を攻略しにきたんだ」

少しだけ、空白があって。

「……うん。ありがとう。よろしくね」

「もちろんだとも！　ありがとう……ありがとう、ジル！」

こちらこそ、とジルは言う。

ありがとう。
そして三人の若者たちは、歩き出す。
その歩みは決して、かつてあったような軽快で、気楽なものではないけれど。
しかしどことなく——希望に溢れて映る。
どっちに行こう、と誰からともなく訊いて。
俺の勘だと、と誰かが答えた。

七章　逃げません

「――――外典魔獣、〈インスト〉」

「え？」

アーリネイトの呟きに、思わずクラハは訊き返した。

遠い昔――かつて家の中に閉じ込められていた頃、何度も聞かされてきたその名前。

外典魔獣。聖典に記された古の大敵たち。

滅王のしもべ。

「なんだ、ありゃ……」

茫然と、ホランドも溢《こぼ》した。

「〈それは遥かなる深海に似た《ディープ・ディープ》〉の階層主以上だ。下手すると、〈二度と空には出会えない《アビス》〉の三層より……。あんなもん、この街じゃ対処し切れねえぞ！」

おい、とアーリネイトに呼び掛けて。

「どうすんだ、聖騎士。あんたらの増援とやらで、あれを食い止めきれんのか？」

「馬鹿を言うな……。下位とはいえ、外典魔獣だぞ。なぜこんなところに……」

「待てよ。外典魔獣ってのはどういうこった。まさか滅王が復活したってんじゃないだろうな。そんな馬鹿な話が……」

「私にだってわかるか!!」

大声で、アーリネイトは叫んだ。

それから、不意に我に返ったようにハッと二人を見つめて、

「……すまない、取り乱した。悪いがもう私は行かねばならない」

「あの、どこへ、」

「聖騎士団と合流する」

悪いな、ともう一度アーリネイトは言って、

「大聖堂を拠点として防衛線を敷く。……ないよりは、まだマシのはずだ。君たちもついてくるか?」

そんなことを急に、と。

クラハは思う。あまりにも与えられた情報量が多すぎる。今夜聞いたこと……自分以外のパーティメンバーもまた、あのゴダッハに脅されていたということ。それから、聖騎士団がこの一連の事件を滅王案件と睨んでいる、ということ。

そしてその証として、目の前にはかつて滅王が使役していたはずの外典魔獣が、空に浮かんでい

る。

どぉん、と衝撃音がした。

それは、あの巨鳥が街を攻撃し始めた音。

「俺は家族と合流してから行く。あんたはクラハだけ連れていってくれ」

「え――」

「わかった。あなたも貴重な証言者の一人だ。死ぬなよ」

努力するよ、とホランドは震え混じりの声で言って。

戸惑うクラハの手を、アーリネイトが握った。

「行くぞ。気持ちはわかるが、立ち止まっている暇はない」

「――は、はい！」

流されるばかりながら、クラハは頷いて、ともに駆け出していく。

追いながら見つめる聖騎士の背中は――夜の暗闇の中、ぼうっと浮き上がるように白く。

しかしそれはやけに……追い詰められているように見えた。


「道が――！」

「しまった、ここはダメか……」

その背中も、やがて止まることになる。

二人の行く先を、瓦礫が塞いでいたからだ。

驚いてクラハは夜空を見上げる――しかし、真上に〈インスト〉の姿があるというわけでもない。

ただ聖騎士のうちの誰かが飛ばしたのだろうと思われる魔法の光が、幾筋か儚《はかな》い流星のように流れるだけ。

〈インスト〉はその巨体を素早く動かして、空を縦横している。

それが聖騎士たちの魔法を嫌ってか、それとも単なる気まぐれなのか……わからないが、とにかくその姿を捉えることを難しくしている。

恐ろしく厄介だ、とクラハは気付いていた。

迷宮の外で会う飛行系の魔獣――天井もなければ壁もない。そんな空間で遭遇した時点で、人類は大きくその機動力にハンデを背負うことになる。まして、この巨大さであるということを鑑みれば、ひょっとするとホランドの言った『〈二度と空には出会えない〉の第三層以上』という評価は、まったく正しいものなのかもしれない。

「回り込むぞ、クラハくん――」

「誰か!!」

アーリネイトの言葉の途中で、声が響いた。

ぎ、と彼女の動きも止まる。

二人の目線が、その声の元に吸い込まれる。

そこにいたのは、小さな子どもだった。

舞い上がる土埃に顔を汚し——血を流し、叫ぶ子ども。

その横には血まみれの母親が、その足を瓦礫に挟み込まれ、意識を失って倒れている。

「助けて……！　誰か……！」

クラハはそれを見て。

自分がやるべきことが何なのか、理解した。

「——アーリネイトさんは、先に行ってください」

「……いいのか」

わかっていた。

問答をすれば、おそらくアーリネイトはこの場を後にするよう、提案するだろうと。

いや、提案なんて生易しいものじゃない——引きずってでも、自分ごとこの場から遠ざかろうとするだろうことを。

見ればわかる。

母親の傷は深い。おそらく頭も打っている。助け出したところで、生存する確率はそうは高くないはずだ。

その上、子どももいる。意識のない大人を背負って、歩幅の狭い子どもを連れて——そうすれば、当然にアーリネイトが大聖堂に到着するのは遅れることになる。

この状況で。

指揮官となるはずの聖騎士団分隊長の到着の遅れが意味するのは、被害の拡大に他ならない。

だから、クラハは言ったのだ。

「私が、連れて行きます」

「……感謝する。君に、神の御加護があらんことを」

アーリネイトが踵《きびす》を返すと同時、クラハは走り出した。

「大丈夫ですか!?」

「あ――」

助けを求めていた少女が、クラハの顔を見て泣き声を止めた。

「ママが、ぐしゃって……」

「わかりました。少し離れて……」

その母親の上に積み重なった瓦礫を見つめながら、クラハは考える。一つをどかしただけで、雪崩れてくる可能性がある。慎重に運び出す必要がありそうだ、と。

「これを被って、そこにいてください」

「ママ、し、死なないよね。へいきだよね？」

「大丈夫です。私が、なんとかしますから」

家を出る際に羽織ってきた外套——それを少女に手渡してから、クラハは瓦礫の撤去に取り掛かる。

じれったい作業だった。

一つ一つの重さはそれほどでもないが、神経を著しく使う。それでも自分の力で持ち上げられるだけマシだったはずだ、と言い聞かせて、何度も何度も腰を折り、何度も何度も背中の力で持ち上げていく。

その七割ほどを終えたところで。

どぉん、と再び振動が街を襲った。

「きゃあ！」

「まず……！」

ガララ、とそれに瓦礫が崩れ出す。

身体能力を強化する魔法——本業の聖職者の使うものに比べればずっと軽微なそれを用いて、クラハは全身で、それを押し留めた。

なんとか、それは母親の頭上に降り注ぐことなく済んだ。

が。

「ご、ごめんなさい！　手伝ってください！」

手足が塞がってしまった。

このまま自分が動き出せば、間違いなくこれらのバランスは崩れ落ちる。

だから――こんな年端も行かない少女に危険なことをと思いながらも、クラハは、頼むしかなかった。

「お母さんを瓦礫の中から……引きずってでもいいですから、出してあげてください！」

「う、うん！」

少女は近寄ってくる。

幸い、今の振動のおかげで、積まれた瓦礫同士の間に隙間ができていた。クラハのこれまでの作業によって瓦礫の数自体が少なくなってもいたから、おそらく今、母親の移動を妨げるだけの状態にはない。

それでも、この小さな子どもにとって母親の身体を引っ張るというのはどれほどの労苦だろう――瓦礫の重さに痺れ始める腕を、肘を固定して萎えないようにして、この冬夜に背中に汗を流しながら、クラハは想像した。

「ぬ、抜けた！　抜け、ました！」

「ありがとうございます！　それじゃあ、お母さんをもう少し遠くへ……できますか！」

「で、できる！」

さらに少女が、母親を引っ張っていく。

十分な距離が取れたことを確認してから、クラハはその腕を離し、さっとその場を飛びのいた。

がらがらがら、と。

鼓膜を痛めつけるような激しい音とともに、ついさっきまでクラハがいた場所に、重たい石瓦礫が降り落ちる。

ほっとしている暇はなかった。

「お母さんの怪我は――」

そして、う、と思わず彼女は呻いた。

出血がひどい。

脛《すね》のあたりが骨ごと潰れている。瓦礫に圧迫されていたためか出血こそ少ないように見えるが、しかしこれでは、意識を取り戻したとしても到底自分の足で移動することなどできないだろうし、痛覚がない分、こうして気絶していた方がマシだろうとすら思える。

クラハは腰元のポーチから必要な道具を取り出して応急処置を行うと、その母親を背負い込んで、自分の身体に紐で縛り付けた。

「大聖堂が避難場所になってます。行きましょう」

そう、涙の跡の著しく残る少女に、語り掛ける。

夜だからか、これだけの被害の中でもいまだ火災の気配は見当たらない。

が、時間の問題だろう、ともクラハは思う。この街は広く、たったの一人も暖炉を使っていないという偶然に対する期待は、この大規模破壊を前にしてあまりにも脆すぎる。

アーリネイトがどの道を辿ったのかはわからない。

が、とにかく自分が知っている道を行こうと、慣れ親しんできた場所を経由するつもりで、クラハは歩き出す。

隣で少女も、小さな足で懸命に走って、ついてくる。

彼女が瓦礫に足を躓《つまず》かせれば、クラハは屈みこんで、その手を差し出した。

「……お姉ちゃん、」

小さく、その少女は言う。

「あ、ありがとう……」

「いいんです」

当たり前のことですから、とクラハは言った。

その当たり前のことができなかった、半年前の記憶――。

少女が自分に預けたほんの小さな手のひらを、今、それでもと、強く思いながら。


「ホランドさん？」

「クラハ？　お前、先に行ったんじゃ――」

やがて走り着いた先で、クラハは知った顔を見つけた。

同じパーティに所属している者なら、街の中でよく知る道も似通ってくる。

だからクラハは、その道行きの途中で、ホランドと合流することができた。

「……そうか、助けてきたのか」

「はい。瓦礫の下敷きになっていて……」

「よく頑張った。……そっちの嬢ちゃんはつらそうだな。ほれ、背中に乗れ」

言って、ホランドは屈みこむ。

小さな子どもは一度だけ不安そうにクラハを見て――そして彼女に頷いて返されれば、おずおずとホランドの背に乗った。

「あなたは、ええっと……」

クラハに話しかけてきたのは、中年の女性。

おそらくホランドの配偶者だろうとクラハは思ったから、

「クラハです。〈次の頂点《フユーチャー・プラン》〉所属で、いつもお世話に――」

「挨拶なんかしてる場合か」

とぼけたやつらだ、とホランドは呆れたように言う。

「大聖堂まではまだ距離がある。行くぞ」

そう言って、一番前を歩き出す。

となると、とクラハはホランドの家族三人の後ろにつくことにした。動ける人間を前と後ろに置いて、挟み込んだ方が安全だろうと思ったから。

「う……」

耳元でうめき声が聞こえてくる。背負い込んだ母親の、苦悶の声。

一番近くにいたホランドの息子が、それに振り向いた。

「だ、大丈夫……すか」

「怪我が酷くて……大聖堂で治療が受けられるといいんですけど」

できるのだろうか、と不安に思う気持ちもある。

これほどの重症となると、かなり高位の治癒魔法が必要になる。そしてこの状況では街中の人間が大聖堂に押しかけ始めているだろうし、治療場の混乱は間違いない。

それまで持ちこたえられるといいけれど……そう思いながら小さく、クラハは未熟なりの治癒の魔法を、背中の彼女に施しながら歩いていた。

「その、俺、代わりましょうか」

「え？」

「その人、担ぐの……俺の方が、身長高いし」

一瞬、驚いてから。

いえ、とクラハは首を振って。

「大丈夫です。これでも、鍛えてますから」

強がりではなかった。

この半年……ずっと、何かから追い立てられるようにして鍛えてきた。それは決してクラハ自身、とても褒められるような動機ではないと思っているけれど、それでも、費やした時間、努力……それらは確かに今、彼女の足を支えていた。

ただ、事実として。

足は震えず——誰かを背負って、前に進むだけの力を今、持っていた。

「……そっ、すか」

「それより、前との距離が」

「あ、」

一同は早足で進んでいるから、少し話し込むだけで先頭とは随分な距離が開く。

「す、すんません！」

と謝りながら小走りで行くホランドの子の背中を、クラハは追いかけていく。

その先では、おそらく姉なのだろう少女が、

「あんたさ、冒険者の子に体力で勝てるわけないでしょ？　身の程弁《わきま》えなよ」

「いや、だって……」

「言い訳はいいから。ほら、さっさと行く！」

弟の肩を前に押しやって、代わりに少しだけ、クラハの方へと下がってくる。

その表情は、少しだけ微笑んで。

「すみません、ほんと」

「いえ」

「あの、何か手伝えることがあったら言ってください。落ちてるものを拾うとかなら、私でも役に立つと思うんで」

「ありがとうございます」

納得する気持ちが、クラハにはあった。

少し話しただけで……自分とそう年の変わらないこの二人が、優しい性格であることはわかる。

この状況で、力もないのに他者の心配をすることができる人間であるということが、わかってしまう。

そんな人間を人質に取られたら。

どれほど高潔な冒険者でも、と。

「……あれ」

クラハが言えば、並んで歩く彼女も、同じ方向を見た。

「なんか人、溜まってません？」

行く道の先に、明かりが見えた。

しかし今はどうにも、それが喜ばしいこととは思われない。

声も、聞こえてきたからだ。

「どうするんだよ！　これじゃこの道、通れないぞ！」

「騎士はいないのか！」

「冒険者でもいいだろ！　あの魔獣をどかしてくれよ！」

「ちょっと、ヤバそうな雰囲気ですね……って、あ、ちょっと！」

彼女の止める声も聞かずに、クラハは前へと歩いていった。

これほど人が多くなれば、いきなり彼女たちが襲われることもないだろうと思って。

ホランドは、背負っていた小さな女の子を、その場に下ろしているところだった。

「ホランドさん、これは一体……」

街の住民が人垣を作っていて、クラハの背丈ではその先が見えない。

だから、そう訊ねれば。

「――魔獣が、抜け出してやがる」

「え――」

「しかも、〈二度と空には出会えない〉にいた雑魚と同じ……Bランク冒険者くらいじゃ死力を尽くす必要がある相手だ」

だから、とホランドはクラハに訊ねかける。

「お前、パーティ宿舎の鍵は持ってるか？」

「は、はい。キーケースに入れて……」

ごそごそと、腰につけたポーチを探ってそれを取り出す。

ん、とホランドが手を出すので、その上に載せた。

「弓と矢を調達してくる。睨み合ってるうちにな」

「私も行きます」

「ついてくんな。足手まといだ」

突き放すような物言いに、クラハの目が大きく開く。

しかしそれを本心と誤解するには、すでに彼女は、ホランドのことを知りすぎていた。

「いいえ。ついていきます」

「自分の力の程もわからねえのか」

「これでもサポーターです。戦えなくても、矢の持ち手くらいにはなれます」

「だったらその背中に背負ってんのはどうする」

鋭く、ホランドは言う。

「見捨てんのか」

しかし、そこから先、クラハが反論するよりも先に、動いた人間がいる。

「私が背負うわよ」

言ったのは、ホランドの配偶者。中年の女性。

「おい、何言って――」

「なんとかなるわ。一人くらい。私だって、昔は冒険者だったんだから」

ね、と彼女はクラハに言う。

「元々大して強くもなかったし、とても現役の子には敵わないけど……一人くらいなら、背負って歩けるわよ。体力がなくなっちゃったって、そのときはうちの子たちもいるし」

ね、と問いかけた先で、二人の子どもたちが大きく頷くのに、彼女は満足げに微笑んで。

「……クラハさん。うちの人、お願いできる？」

はい、とクラハは頷いた。

そして彼女は確かにかつて冒険者だったのだろう。手慣れた動きでクラハと背中の怪我人を結び付けていた紐をほどいて、代わりに素早く自分の身体に巻きつける。

大きく、ホランドは溜息を吐いて。

「……死ぬなよ。俺がやられたらお前も逃げろ」

「努力します」

走り出そうとする彼女を、止める手もあった。

「お姉ちゃん、」

それは、小さな少女の、あまりにもやわらかい手。

たったいまホランドの背中から降ろされた彼女は、クラハを見上げていて。

「け、ケガしない、でね」

それを見て。

できるだけ不敵に見えるようにと、クラハは。

「……任せてください」

震える手を自分で握り締めながら、笑いかけた。


辿り着いた宿舎には、すでに先客がいた。

「ホランド！」

「なんだ、お前ら……」

来てたのか、と意外そうにホランドも片眉を上げている。

「武器の調達か？」

「当たり前だろ。あんな魔獣、見るだけでヤバイってわかる。聖騎士だけじゃとても抑えらんねえよ」

パーティ宿舎には、〈次の頂点〉のメンバーが十数人は揃っていた。

それぞれが自身の使用する武器をすでに備え、防具を着込み、いつもの冒険用の装備にすっかり変わっている。

　ホランドは彼らの横をすり抜けて、己の弓を取る。かつて強力な階層主から剝ぎ取った背骨を基にして作ったという、強弓を。

「矢筒の予備を持ちます」

「好きにしろ」

　そう言ってホランドのサポートに回れば、周囲のメンバーたちもようやく、彼女の存在に気が付いた。

「サポーターの……」

　その声には、名前を呼ばないまでも識別のニュアンスが含まれている。

　あの日、ゴダッハに楯突いた人間、と。

「ホランド、なんでこいつがここにいる」

　メンバーのうちの剣士の男――ゴダッハとホランドに次ぐ実力の持ち主だ――が責めるような口調で言う。だから、ホランドが口を開く前に、クラハは自ら答えた。

「私はただ、無理矢理ついてきただけで――」

「お前にゃ訊いてねえ！」

　剣士は叫ぶ。そして、クラハを無視するようにしてホランドに大股で歩み寄ると、その胸倉をがしりと摑んだ。

「お前、このガキを逃がしに行ったんじゃなかったのか――！」

え、と。

声が、洩れ出た。

「どういうこと、ですか」

「……つまんねえ話だよ」

剣士の手を摑み返して、外しながら。

ホランドは言う。

「ここにいるパーティメンバーは……少なくともこの場所に来て武器を手に取ってるような奴らは、誰もお前のことを疎ましく思っちゃいないのさ」

そんなはずがない、と。

クラハは、思わずにはいられなかった。

最初の、あの反発だけではない。

そのあとも自分は、このパーティのことについて、聖騎士団に情報を流していた。そのことが彼らにとってどんな意味を持つのか――当然そのことを、クラハは理解している。

パーティリーダーの故意によるメンバーの殺害と、その見逃し。

それが露見し、立証された場合、このパーティに所属していた人間はみな、冒険者としての資格をなくすだろう。

仮にゴダッハからの脅迫を加味して情状酌量の余地を与えられたとしても――それでも、迷宮の攻略中に背中を刺された仲間を見捨てたという事実は、必ず彼らを貶《おとし》める。Sランクの冒険者になるまで積み上げてきた輝かしい業績の全てが奪われ、その名誉は地に落ちる。

わかっている。

「だって、私は、このパーティを裏切って——」

「裏切ったのは、俺たちの方が先だ」

そうだろ、とホランドは、目の前の剣士にも語り掛けるように呟いた。

剣士もまた、それに低い声で応える。

「……初めから俺たちだって、こんな風になりたかったわけじゃない」

最初は、と彼は言った。

「俺たちだって、憧れてたんだ。冒険者としての生き様——無頼を尊び、自分の力だけで全てを手に入れる。それを人々に分け与える。誰も見たことのない場所に、最初の足跡をつけにいく……」

気付けば。

三人以外のパーティメンバー……この場にいる全員が、彼らを見ていた。

「お前は、俺たちの過去だ。……今までも冷たい態度を取っちゃいたが、本心じゃない。とっととこんなところから逃げ出してほしかったからだ。こんな……こんな情けねえ冒険者崩れのたまり場なんかじゃなく、もっと本当の、本当の冒険がある場所に——」

「嫌いになれるわけがねえのさ」

その先は、ホランドが引き継いだ。

「お前のやっていたことは、俺たちがやりたかったことだ。……わかってんだよ。お前が正しいことをしてるってことも。俺たちが裁かれるべき側だってことも」

弓の具合を確かめ、防具を装着し。

そしてホランドは、クラハに言った。

「俺たちはみんな、こう思ってる。『逃げちまえ』『お前にゃ未来がある』ってな」

それが本心からの言葉であることが、クラハには、わかって。

でも、と言いかけた。

自分だって、無傷なんかじゃない。正しくなんかない。

あの日、同じ罪を背負った。そして誰もが大切なものを抱えていることを知りながら……、それを壊してしまうかもしれないと知りながら、仲間を裏切った。そのことを、自分自身が一番、よくわかっている。

でも、と言いかけた。

けれど、口にはしなかった。

ぎゅう、と矢筒を握る手を硬く絞って、その代わりに、クラハは。

「逃げません」

今はただ、前に進むための言葉を。

「……そう言うと思ったよ」

　ホランドは、溜息すら吐かなかった。

　代わりに「お前も弓を取れ」と言う。

「このパーティ宿舎だって何も考えないでここに建てたわけじゃねえ。三階に行けば、大通りのほとんどを射程に収められる狙撃ポイントがある。筒持ちは後でいい。まずは、お前も手数に加われ」

「はいっ！」

「待て！　本気か!?」

　剣士が叫んだ。

「お前らだって見ただろう、あの鳥の魔獣を！　あんなやつ、ゴダッハがいたって俺たちじゃ処理し切れるか……！」

「だったら、どこにいたって同じです」

　震える声で、クラハは言い切った。

「Sランクパーティの〈次の頂点〉があれを処理し切れないなら――大聖堂に逃げ込んだって、結局何も変わりはしません。それなら私は、少しだけでも皆さんの力になりたいです。……こんなことを言う資格も、本当はありませんけど。それでも」

「諦めろよ、説得したって無駄だ」

重ねて、ホランドが言う。

「冒険者なんだよ、こいつ。頑固者なんだ」

剣士は歯噛みして、俯いて。

さらに、クラハは続ける。

「逃げるだけなら、皆さんの身体能力なら自分たちだけで大聖堂まで行き着けたはずです。それか、反対方向に走って街を離れることも」

でもこの場にいるのは、と。

彼女は、彼らを見つめて。

「戦ってくれるから、なんですよね」

「――――ああ、そうだよ！　そのとおりだ畜生！」

剣士は叫ぶ。

「家族がいる街だぞ――俺たちがやらなくて、誰がやるってんだ！」

口々に、声は上がる。

家族のために、恋人のために、友のために、あるいは名も知らぬ隣人のために――。

力を持たない、全ての人々のために。

この力は、と。

「弓士と魔法部隊は俺につけ。この宿舎を拠点にして鴨撃ちだ」

「殴って殺すしか能のない奴らは俺と来い！　下に行ってお得意の肉盾だ！」

ホランドが引き連れる部隊とともに、クラハは三階へと上がっていく。

それと背中を預け合わせるようにして――剣と盾を携えた部隊は、街路へと走って行く。

誇りの全てを失って。

それでも冒険者たちは、動き出す。


「西の街路に動いている魔獣はもう見当たりません！　完全に掃討できました！」

「現場の奴らを半分残して市民を誘導させろ。擬死を使う魔獣がいないか注意するように伝えてな」

「はい！」

小さくクラハが唱えたのは、伝達の呪文。

サポーターの中では使える者の珍しい、少しだけ高度な魔法。

それが終わったら、ポイントを移動してまた別の場所へ、弓を引いて狙撃に入る。ただし、クラハが番《つが》えるのは実物の矢ではない。矢の数には限りがある。ホランドのように一射確殺というわけでもない以上、ただ手数を増やすためだけに無駄撃ちはできない。

だから。

「〈吹き貫け〉――！」

彼女が使うのは、風の魔法が形を成した矢。

決してそれは、最高難度迷宮内のそれと見紛う程の強さを誇る魔獣を殺すだけの力を持たないけれど……しかし、その風圧のために一瞬動きを止めることくらいはできる。

その隙を見逃さず、魔獣の近くにいた剣士が、それを斬り倒した。

魔法がなければ、この距離で声は届かない。

けれどその剣士がこちらに向けて拳を向けるのを、確かにクラハは見た。

「北ももうすぐ制圧完了します！　これなら――」

喜びのまま、そうホランドに状況を報告すると、しかし。

「――伏せろ!!」

現場の指揮官であるホランドの声に。

もしたった一瞬でも迷いを見せるような練度の冒険者がこの場に混じっていたとしたら。

間違いなく、そこには惨劇が起こったはずである。

「なっ――!?」

しかし、最もこの中で実戦経験の浅いクラハですら、何とか反応することができた。

それは、衝突だった。

宿舎を揺るがすほどの、激しい衝突。その揺れの発生源に近かった側に立っていた冒険者たちが、そのまま反対の壁に叩きつけられてしまうほどの衝撃。

窓は全て割れた。

壁もまた、大きく崩れ落ちた。

だから、クラハたちには見えていた。

目の前にいる、あまりにも巨大な鳥の魔獣の姿が。

その名を、クラハは。

「外典魔獣〈インスト〉――」

「引き付けたと言やあ、聞こえはいいが……！」

誰よりも早くに体勢を立て直したのはホランド。

素早く撃ち込んだ矢が、しかしその到達する直前に、嘴《くちばし》によって払いのけられる。

この場において最も技量で卓越しているはずのホランドの攻撃が、まるで通らない――それは絶望に値する光景だったが、しかし彼は、間髪入れずに次の指示を飛ばした。

「ありったけ撃ち込め！　叩き落とさねえと話にならねえぞ！」

ようやく立ち上がることのできたクラハも、ホランドの号令に従う。

「〈吹き貫け〉――！」

翼狙いの、風弓の一射。

他のメンバーたちが撃ち込む先も、またその翼だった。

飛行種と戦うときのセオリーだ。まずはその機動力を削《そ》ぐ。地に落とすことで前衛が働けるようにするのが、後衛の仕事だ。

なのに。

「効いてな――」

〈インスト〉はそれをものともせず。

そして、大きく口を開いた。

まさか、とクラハは思う。

鳥型の魔獣が、まさかそんなことをするわけがないと。そんなことをするのは、竜種だけのはずだと、そう思いながら。

しかしその口腔の奥に魔力光がチラつくのを見て――確信した。

必殺の一撃だ、と。

「ブレスが来ます！」

そのときクラハは、思い出していた。

このパーティにほんの一時だけ所属していた、あの剣士の言葉。

――大事なのは、自分が何の手札を持っているのかをよく把握すること。

――それから、手札を上手く使うこと。

――どんなに使えないと思ってる手札だって、どこかでは使う場面がある。

あのときは、個人の力の話として聞いていた。

けれど、今思い起こしたこれは、違う。

集団戦として。

この場で一番弱い手札は何か――それはもちろん、自分だ。

ただの見習い。実力でSランクまで上がってきたような歴戦の冒険者たちとは、まるで格が違う。

けれど、たった一つ――どうやら、彼らに勝るものがあったらしい。

使う場面が、あったらしい。

クラハは走った。

たとえSランクといえど、竜種と戦った経験がある者などそういないに決まっている。だから、たとえ目の前の牙の奥に魔力光が見えても、それが今から全てを薙ぎ払うブレスとして吐き出されることを、想像しない。

でも、自分にはできる。

何度も何度も――憧れた冒険譚《ぼうけんたん》の中で、読んできたから。

こんな場面がいつか来ることを――想像していたから。

これが最大のピンチでありながら、最大のチャンスであることを知っているし――、

「お前、何を――！」

「弱点は、撃ち終わり――！」

そのチャンスを生かすために、自分がどうすればいいのかも、知っている。

このメンバーの中で最も精確な矢を放つホランドの前に、クラハは拙い防御魔法とともに立ち塞がって、

その背を、豪炎が焼いた。

「――――!」

声にもならない。

抗魔力防具の上から、肌が溶けていく。脳が考えるよりも先に、神経が勝手に反応してこの場から逃げ出そうとしている。少しでも温度の低い場所を求めて、動き出そうとしている。

けれどクラハは、それをしない。

最も弱い手札の使いどころはここだと、わかっていたから。

頭蓋骨の内側で火打石を何度も叩きつけられて、火花を散らされているような気分――もう二度と、元の思考には、身体には、魂には戻れないのではないかと思わされるような取り返しのつかない苦痛――それでも、決して。

何度も何度も、今までの彼女の力では考えられないほどに連続して、精一杯の防御魔法を重ねがけながら――決して。

最後まで彼女は、動かなかった。

「――――馬鹿野郎どもが」

ホランドが矢を番えるのが、見えた。

決して彼も無傷とはいかなかったけれど――それでも、確かな手の動きで、強弓にその最後の一矢を番えるのが、見えた。

それを見るための眼球がいまだ溶けていなかったことにクラハは少しだけ驚きながら――同時に、ひどく安心した。

二年間、見てきたから。

この人が外さないことを、知っている。

ブレスが終わったあと――魔力を放ち切ったその喉なら容易く射貫けるということを、彼が見逃すはずもないと、知っている。

「威弓――〈風の王〉」

豪風が、残り火全てを吹き飛ばし。

それとほとんど同時に、魔鳥の撃ち落とされた音が聞こえてきた。

「おい！　しっかりしろ!!」

「う、う――」

頬を叩かれて、クラハは起き上がる。

どのくらい気を失っていただろう……目を開けると、ホランドが自分を覗きこんでいた。

「魔獣は――」

「落とした。俺たちの勝ちだ。これから大聖堂に行って掃討戦に入る。動けるか？」

「は、はい……」

そう言って、クラハはなんとか立ち上がろうとする。

けれど、

「あ……」

「無理はすんな。動けねえならそのままでいい」

「すみ、ませ……」

「今、地上に降りてたやつらが大聖堂から治癒魔導師を引っ張って来てくれる。それまでの辛抱だ。堪えろ」

僅かに動く眼球だけで確かめれば、他のメンバーも満身創痍だった。

クラハと同じ――耐熱の魔法が施された防具はかろうじて形をとどめているものの、剝き出しだった部分の肉は焦げて奇妙な臭いを発し、また、防具の一部は溶けて皮膚と癒着している。

これほど壮絶な戦いを、クラハは見たことがなかった。

「よくやった」

そう、ホランドは言った。

「お前の呼びかけのおかげで――この場にいる全員が防御態勢に入れた。それに、お節介なやつらはお前みたいに俺のカバーにまでな」

「あ……だから……」

だからホランドはその程度の傷で済んだのか、と。

自分の拙い防御魔法だけでどうしてブレスを遮断できたのか、そのことは不思議に思っていたから……クラハは納得して。

「胸を張れ。お前がいなきゃ、あの魔獣は落とせなかった。……だから生きて、勲章でも貰っておけ」

言葉を返そうとして。

けれどそれほどの気力も、奮い起こせなくて。

「……はい」

ただ静かに、クラハは頷いて応えた。

ホランドがその場から離れていく。

おそらく他の怪我人たちに声をかけにいったのだろう、と思いながら。

壊れ果てた宿舎から――クラハは夜空を見上げた。

星々が輝いている。月が見えないのは、きっと朔《さく》の日だからだろうと思う。

冷たい風が、肌を撫でていく。痛みに震えるには、すでに感覚も鈍くなりすぎている。

助かるだろうか。

そう、考えた。

何か奇妙な力が、身体の内から湧き上がってきているのがわかる。これが危機に晒されたことで見える本当の生命力の形だとしたら、これが途絶えない限り自分が命を落とすことはないだろうと感じられる。

だったら、これが途絶える前に、と。

耳を澄ませた。

街路で、人が走っていく音。剣士たちが戦っている音。こっちだ、と誰かが誰かを導こうとする音。

この音が、途絶えない限り——と。

クラハは、思って。

「————うそ」

絶望の音を、聞いた。

「な——」

ホランドもまた、絶句するのが聞こえる。

「嘘、だろ——」

「おい、なんだよあれ！」

「ふざけんな！　なんだよ、なんでこんな……！」

「撤退しろ！　俺たちはもういい！」

彼らの目に、映ったのは。

「群れ――」

たった今、クラハたちが。

Sランクのパーティが一丸となってようやく倒した外典魔獣〈インスト〉が。

空を覆わんばかりの群れとなって、現れた様だった。

「そん、な……」

愕然と。

ただ、クラハは、その姿に目を見開くほかなかった。

幻なのではないか。傷が、疲労が、燃え落ちていく生命のほとりで見せる悪夢の一つなのではないか――そう疑う。疑いたがっている。

でも。けれど。

「これじゃ、街、が――」

目の前にあるのは、ただ純粋で。

残酷な現実に、他ならず。

「ホランドぉ！　大聖堂の奴らを避難させろ！」

「あっちには俺の家族が……！」

「皆殺しにされるぞ！」

「街だけじゃない、これじゃ国まで……」

口々に、〈次の頂点〉のメンバーたちが叫ぶ。

その群れは一様に、ある方向を目指している。

大聖堂。

「ホランド！　行けぇ!!」

誰かの叫んだそれは。

見捨てていけ、という言葉に他ならない。

頼むから、と。

懇願する言葉に、他ならない。

「クソッタレが……！」

そしておそらく、ホランドがその覚悟を決めたのだろう、瞬間に。

群れの中の一羽が、急降下してくるのを、クラハは見た。

動こうとした。

誰かが叫んだ。呪文を唱えた。矢を手に取った。それらすべてが、無駄に終わるとわかっていた。

クラハもまた。

それが実らぬことを知りながら、呪文を唱えようとして。

その半分も唱え終らないうちに、魔鳥が間近に迫り、その喉の奥にブレスの光が輝いているのを見て、

「畜生ォおおおおっ!!」

ホランドが、叫んだ瞬間に。


一筋の剣閃が、走るのを見た。


それは、途方もない静寂だった。

誰も、自分の見たものを信じられない。

自分たちが自らその脅威を体感していたから。あの魔鳥がどれほどの強さを持った恐ろしい魔獣であるかを、わかっていたから。

たった剣の一振りで、それを落とした人間が今、目の前に立っていることが。

まるで、誰も信じられないでいる。

ボロボロの恰好だった。

長い間を彷徨《さまよ》っていた旅人のような恰好。身体は痩せて、剣の柄も擦り切れてほとんど骨董のように見える。

けれど、その姿を。

誰もが、覚えていた。

「————大英雄」

「ジル、さん……」

呼ばれて男は、振り返る。

精悍ながら、しかしその強さに似合わない、どこか幼さすら残したような、青年の顔で。

「——悪いな。道に迷ってた」

そう。

何でもないことのように、言った。

†

「うむうむ」

大聖堂の、尖塔の頂点。

そこに立ち上って、紫色の髪の、男とも女ともつかない銀河色の瞳の彼は頷いていた。

「死にそうなくらいに疲れ果てたが……無理矢理なんとか、夜のうちに間に合った。——皆既日食は、夜明けすぐにだからね」

彼の視界、見渡す限りには魔鳥の姿がある。

外典魔獣〈インスト〉――最高難度迷宮の階層主だとしてもおかしくないそれが、数百羽と群れ成して。

「そのうえこの新月の星降る夜――まさに、絶好機だ」

しかし彼の瞳に、恐れは一欠片も見当たらない。

国を滅ぼしかねないほどの魔獣の群れを前にして……何らの怯えも、見当たらない。

「〈オーケストラ〉が生きていたらあれがどれほどの脅威になったのか興味があるが……まあ、このくらいにしておこう。調子に乗ってると痛い目に遭う、っていうのは散々教わってきたからね」

彼は、宵闇の空に両の手を広げて。

「見せてやろうじゃないか。試練を超えてきた〈星の大魔導師〉の、本当の力を」

彼は、呪文を。

「〈すべては流れる《メテオ》〉」

降り注ぐは、千の流星。

三度の〈体験〉を経た大魔導師が、星の魔力の全てを賭して。

†

「ただいま～」

堂々と正門から入ってきた姿に、アーリネイトは目を疑った。

「……聖女、様？」

「ごめんね、遅くなっちゃって～」

しかし、間違いようもないとすぐに思う。

ずっと昔から耳慣れているその穏やかな声音も、あるいは迷宮を彷徨ってきてなお清潔に輝くその白金の髪も、そうと識別するに足るけれど。

それ以上に。

彼女が入ってきただけで、この大聖堂の空気が、全く変わってしまった。

「聖女様、一体、何が……」

「お土産話とお説教は後にしてね。今は、それどころじゃないみたいだから」

奥の部屋使うよ、と彼女はアーリネイトの隣をすり抜けていく。

茫然としていた彼女は、その髪先から香った匂いにハッと我に返って、彼女を追いかける。

「現在の街の状況ですが——」

怪我人多数。被害甚大。大聖堂へと続く道のうち三方確保済み。残りの一方も間もなく解放されるだろう見込みであること。しかし魔鳥の大発生により状況逼迫。動ける者だけでも脱出すべきか判断を迫られていたところ——そう、アーリネイトは彼女に伝えて。

けれど。

「そういうのは、アーちゃんにお任せします」

「な――」

「私、そういうのは苦手だから、現場の指揮権とかもらっても仕方ないし。信じるよ」

でも、と彼女は言った。

「その情報は、修正しておいた方がいいかな」

あれ、と彼女が指差すので。

アーリネイトもまた、大聖堂の大窓から、外を見た。

「――馬鹿な」

アーリネイト以外の、大聖堂に集っていた人間たちも、次々に声を上げる。

魔鳥が落ちていく。

夜空から落ちる星々にその身体を貫かれて、次々に撃ち滅ぼされている。

まさか、と心当たる人物があった。

「〈星の大魔導師〉ですか？　まさか、これほどとは……」

「苦労したからね～。階層主にはもう当たらなかったけど、手当たり次第に魔獣は全部狩って、不眠不休で通路を総当たりして進まないと間に合わなかったから。三日で半年分くらいの無茶してきたもん。そりゃあみんな、ちょっとくらい強くなってないと困るよ～」

あ、それともう一つ、と。
言いながら聖女は、その部屋に踏み入った。
そこは、大きなドーム。
祈りの間。今は、逃げてきた市民たちの避難場所として使われている場所。
その真ん中に、ぺたりと腰を下ろして。
アーリネイトに、言った。
「怪我人は今から、ゼロになります」
やっぱりわが家が一番だね、と。
気抜けた声で、彼女は言って。
「〈あなたが生きていることを、私はほんとうに嬉しく思います〉」
大聖堂に蓄積されていた、祈りの力が。
神聖魔法の光と変わって、この街を包みこんだ。

†

「――――嘘だろ」
「傷が……」

クラハは、己の身体を見下ろしていた。

つい先ほどまで、命の行方すらも不確かだった自分の身体――それが、みるみるうちにその元の姿を取り戻している。肌に癒着していた防具を巻き込むこともない。完全で、精密で、信じがたいほど卓越した治癒魔法。

それが、この場の全てに。

「ありえねえ……。神話の時代じゃねえんだぞ」

さらに空から撃ち落されていく数多の魔鳥の姿を前に、茫然とホランドが、あるいは他のメンバーたちが呟く中で。

たった今、〈インスト〉を一刀の下に斬り捨てた青年剣士は、大きく声を上げた。

「クラハはいるか！」

「――は、はい!!」

自分の名を唐突に呼ばれて、慌ててクラハは立ち上がる。

身体が治りつつあるとはいえ、まだ万全ではない。駆け寄ろうとして体勢を崩して、抱き留められて。

「す、すみませ……」

顔を上げて、ぎょっとした。

睫毛と睫毛が触れ合うような距離に、ジルの顔がある。

驚きと動揺に、ひゅっと息を呑んで。

「あの、何――」

「……確かに、こんな顔だった気がする。たぶん」

「へ」

何でもなかったことのように、ジルは顔を離した。

「状況はどうなってる？　……ここにいるのは〈次の頂点〉の奴らだろ？　あらかじめユニス――〈星の大魔導師〉から聞いてる。あなただけは少なくとも協力者だって」

思考のために必要だったのは、ほんの数秒。

そういうことか、と合点がいって。

「魔獣の襲撃につき、街中の人間が大聖堂に避難しています。あの外典魔獣――巨鳥が出てきたことでそれが壊滅しかけていたんですが、」

「外典魔獣だってことまでは摑んでるのか。それで、向こうのリーダー格は？　もう接敵したか？」

「え――」

リーダー格、という言葉。

疲れ果てた脳を回しに回して、クラハはその意味を摑み取る。

「いえ。てっきり、あの外典魔獣が頭なのだと思って――」

言いながら、しかしクラハはわかっていた。

この状況が、作為によらないはずがない。

大聖堂への避難経路を集中的に塞ぐような魔獣の配置。あれほどの力を持った魔獣たちが、一斉に同じ方向へと押し寄せていく姿。その統率の頭がいないはずがない。

しかしそれは、たった今撃ち落されているあの群れの中の一羽では、おそらくないのだ。

「そうか」

ジルは頷いて。

「奴らの狙いは大聖堂だ。待ち伏せしていれば向こうから出てくる。……どうせ一対一だ。俺が仕留めよう。案内してくれないか」

「は、はい！」

「大英雄！」

その背に、かかる声。

それを発したのはホランドだったけれど……しかしそれは、この場にいる全員の、代表としての声でもあった。

「援護はいるか」

「…………」

怪訝な顔で、ジルはその声に目をやって。

それから、クラハを見た。

だから、彼女は。

「もう誰も、逃げません」

「――そうか」

納得してくれたかどうかは、彼女にはわからない。

一度は彼を捨て置いて……今更味方だなんて言って、信じて貰えたのか。自分自身も含めて、その真偽のほどは、わからない。

けれど彼は、頷いて応えた。

「援護はいい。それよりあなたたちは市民の救助を。怪我が治ったとはいえ、治癒魔法からの回復に慣れていないやつらは、まだ動けないはずだ。それからユニス――〈星の大魔導師〉が落下地点を気にしてはいるが、撃破後の外典魔獣の処理のフォローも。たぶん、聖騎士にはもう話が通ってる」

「――わかった」

「頼んだ」

それは、たとえ仮初《かりそめ》でも信頼の言葉だったから。

〈次の頂点〉のメンバーたちは、また動き出す。

自分たちにできることを、するために。

「行くぞ」

そう言って、ジルも駆け出していく。

途轍《とてつ》もない移動速度――それに何とか、クラハは走ってついていく。よく走れる冒険者は、というホランドの言葉を思い出しながら。

「どっちだ？」

「あっちの――あの、大きな建物がそうです」

「わからん。悪いが方向で言ってくれ」

「……？」

一度、首を傾げかけて。

あ、と気が付いた。

ジルは眼鏡を、していない。

「あ――」

クラハはそれを、肌身離さず、持っていた。

彼の、予備の眼鏡。

今すぐ渡そうと考えて。

しかし、それが〈インスト〉のブレスを自分とともにまともに受けていることを思い出して。

それでも、もしかしたら、万が一と、そう考えて。

黒く焦げ付いたポーチの中から、取り出した。

そしてそれは一体どんな素材を使ったケースだったのか——ひとつの罅割《ひび》れもなく、現れた。

「ジルさん！」

「何——」

これを、と言って手に握らせる。

一瞬だけ、ジルは戸惑って。

それから、それがそうであることに気付いたらしく。

立ち止まって。

恐る恐る、というようにそれをかけて。

「…………」

「ど、どうですか。あの、ずっと持っていたので歪んでいたりしたら——」

その先を、クラハは言えなかった。

がばり、と抱き締められたから。

「————？？？」

困惑とか、動揺とか。

そういうものよりも、思考の空白と呼ぶのがふさわしい。

それが埋まるよりも先に、ジルが叫んだ。

「――――ぃよしっ！！！　よっしゃあ！！！」

それは巨鳥を落としたときよりも、遥かな喜びようで。

「よし――よしよしよし！　あなたは最高だ！」

そう言って身体を離して、クラハの肩をバンバンと大袈裟なくらいに叩いて。

「ようやく――これでようやく、半年ぶりに全力が出せる！　頑張ってきてよかった……！」

高笑いでも始めかねないような興奮ぶりで。

彼は、眼鏡をかけた。

「あの、歪んだりは」

「全く問題ない！　大聖堂の場所だってくっきり見える……あっちだな⁉」

「は、はい」

頷けば。

ふと、ジルはクラハにまじまじ目を留めて。

「な、何か……？」

「いや、」

ばさり、と上着を脱いで、被せてきた。

「防具がボロついてるから。コートがなきゃ寒いだろ」

感謝の印だ、とだけ言って。

今度こそ、クラハを置いていくような速度で、走り出した。

「ま――」

待ってください、とはとても言えない。

今の状況で、自分の速度に合わせてくださいなんて言えるような図々しさと視野の狭さは、クラハにはない。

だからこれまで以上に必死で、ほとんど全力疾走のようにして、その長い長い距離を、彼について走っていく。

「ジルさんは、さむ、くない、んですか！」

せっかく被せてもらった上着も、たった数分でほとんど意味をなくす。身体中の力を振り絞って走っているから、熱は溢れてとめどない。

「北の生まれだからな。寒さに強い」

彼がほんの数瞬前に置いたのだろう声にも、流れていく前に追いついて。

気にするな、と言うのを聞いた。

「長いこと人に貸してたから、ない方が落ち着くくらいなんだ」

夜を二人は駆け抜けていく。

そこは右です、とクラハは肺の底から息を振り絞るようにして、叫んだ。

八章　〈月の夢〉

「おーい、ジル!!」

上空からの声に、ジルは顔を上げた。

そこには、紫髪の彼が佇んでいる。

「頭は見つかったかい!?」

「いや、まだだ！　もっと派手にやってくれ！」

「もっと!?　君……なかなか求めてくるね！」

大聖堂の、正門前。

ようやくそこに、ジルはクラハと辿り着いていた。

「ありがとう、クラハ。助かった」

「い、いいえ……」

流星は勢いを増している。

次々に魔鳥は空から落ちてゆき、その亡骸が街を破壊しないようにとサポートするばかりが、今の聖騎士団と冒険者たちの仕事になっていた。

息を切らして膝に手を突いているクラハに、ジルは言う。

「後のことは大丈夫だ。中に入って、待っていてくれていい。……リリリアがいるところが、一番安全だろう」

「お、持ち上げますなあ」

「わ」

言うや途端に、正門からぬっと顔を出してきた。

聖女、リリリアが。

「どうだった？　たぶん大丈夫だと思うんだけど、治癒魔法、遠くの方でもちゃんと効いてたかな」

「ああ。俺の見る限りでは問題なかったと思う」

「そっか、よかった。……ジルくん、顔変わったね」

「知らないかもしれないが、一般的にこういうのは『眼鏡をかけた』って言うんだ」

よかったじゃん、似合うよ。とリリリアがジルの背中を軽く叩いた。

眼鏡をかけたことによってとうとう浮き彫りになってしまった目の前の彼女に対する色々な問題
——それはとりあえず一旦脇に置きつつ、ジルは満面の笑みで「ああ！」と応えた。

「よかったついでにもう一つ朗報」

「何だ？」

「私とユニスくん、再封印でめちゃくちゃやり過ぎちゃって、魔力の余裕が全然ないみたい。かつかつ。あんまり余計なことすると、〈インスト〉を落としきれなかったり、もう一回何かあったとき用の広域治癒領域の展開ができなくなりそう」

「どこが朗報なんだ」

「一対一でやっていいよ、って言ってるの」

ジルが口を噤《つぐ》む。

それに慌てたのは、傍にいたクラハだった。

「じ、ジルさん！　私、手伝いますよ！　それに他の方たちにも声をかければ、」

「お、そこにいるのはあの日の健気な女の子」

しかし、リリリアがその声を遮って、

「いーの、いーの。この子、それを喜んでるんだから。ねえ、ジルくん」

「…………いや、本当に申し訳ないんだが」

「最強プライド剣士くん」

ものすごくバツの悪そうな顔を、ジルはして。

「……仕方ないだろ。慢心するやつは生き残れないが、勝った負けたに執着できない人間は剣士として大成しない」

「それも師匠さんから？」

「いや、今考えた……」

ふーん、とからかうような半目でリリリアはジルを見る。

ジルはその目線から逃れるように、顔を逸らす。

「あの……えっと、結局……」

困惑したようにクラハが言えば、リリリアがそれに応えて、

「大丈夫だよ。心配しなくて。むしろ邪魔者の入らないリベンジマッチに燃えてるみたいだし」

「いや、邪魔とかそういうわけじゃ……」

「あ、あれかな？」

彼女が言えば。

ふ、とジルの目つきが、冷たく変わった。

「――やっぱり、あいつだったか」

剣気迸《ほとばし》る。

ただその粗末な刀の柄に手をかけただけで、周囲の大気がびりびりと震えるような闘争心を剝き出しにして。

ジルは一歩、前に出た。

その視線の先、足の向く先、大聖堂正門前の真っ直ぐな通りの先から、宵闇を這い出るようにし

て一歩一歩と歩いてくる、その影は。

「ゴダッハ――」

「ゴダッハ、さん……」

Sランクパーティ〈次の頂点《フューチャー・プラン》〉を率いるリーダー。

実力、名声ともに、その地位に申し分のないベテランの冒険者。

魔剣〈灰に帰らず《ヴァニッシュ》〉の使い手。

そしてこの事件の、黒幕だろう男が。

この大聖堂を目指して、歩いている。

ジルはさらに一歩、前に出た。

「どうして……」

茫然と、クラハの呟く声がする。

「どうだ、リリリア」

「……うん。外典魔装だと思う」

「確かなのか？」

「外典に載っていたのとは、形が違う。でも、あれがそうじゃないわけがない……気配でわかるよ。がんばってね、ジルくん」

ジルはあらかじめ、リリリアから聞いていた。

外典に記されていた、外典魔装という存在。

かつて滅王自らが使っていたという、十三の武装の存在を。

「聞け!!」

大声で、ジルは叫んだ。

「〈二度と空には出会えない《アビス》〉はすでに聖女と大魔導師の手で再封印された！

大聖堂を破壊したとしても、滅王の復活は叶わない!!」

滅王。

その言葉に、周囲にざわめきが起きる。

しかしジルはそれを気に留めることもなく。

ただ、観察していた。

ゴダッハが応えず、さらに一歩、前に進むのを。

「リリリアの言ったとおりだな。乗っ取られて……」

「にげ、ろ……」

その声は。

避難民のものでも、ジルのものでも、リリリアのものでも、クラハの声でもなく。

「〈灰に帰らず〉には、勝て、ない……」

ゴダッハの、声。

「――意識は、残してるのか」

「流石Sランク冒険者だね」

「ま、待ってください……！」

クラハが、悲鳴のように呟いた。

「どういう……どういうことなんですか！」

ジルはただ間合いを詰めるだけ。

だからリリリアが、それに答える。

「外典魔装のことは知ってる？」

「滅王の使っていた武装、と。でも、なんでそれをゴダッハさんが……」

「罠にかけられたんだと思う」

リリリアもまた、ゴダッハから視線を外さない。

否、それだけではない――誰も何も、この場所にいるいかなる存在も、ゴダッハから……その手の内に握られた魔剣から目を逸らすことができない。

「罠？」

「……滅王の封印が、長い年月をかけて緩んでた。抜け出した魔獣がいた。そして同時に、滅王の怨念が込められた武装も、外の世界に……」

禍々《まがまが》しい、空間すら歪んで見えるほどの魔力。

それが、〈灰に帰らず〉から陽炎のように立ち上っている。

さらに、互いに二歩、間合いは詰まり。

「きっと、ゴダッハさんは冒険の途中であの魔剣を……外典魔装を、そうと知らずに手に取ってしまった。それからずっと、滅王の怨念に心を支配されてる」

「――――」

クラハは声を失って。

その静寂を、リリリアの言葉を裏付けるかのようなゴダッハの言葉が、埋めた。

「ダメ、だ……人間では、人間、では、この、魔剣には、」

「――だから、俺を呼んだのか」

静かに、ジルは語り掛けた。

「自分では勝てないと思ったから――このままでは滅王が復活してしまうと踏んだから、俺を呼んだのか」

「無理だ、お前、でも――」

「僅かに残った意志と理性だけを武器に、パーティをSランクまで引き上げて……それで、再封印への道を敷いたのか」

「に、げロ――ォ！」

その言葉を最後に。

肉と血の混じり合う音がして。

外典魔装〈灰に帰らず〉が――ゴダッハの右半身に、一気に侵食した。

奇怪な魔獣のはらわたのようなグロテスクが彼の顔までを覆いつくし、そしてまた、その右腕は触れるものすべての命を奪うような、禁忌の魔力を蒸気が如く放つ、大刀へと変形する。

「ゴダッハ、さん――」

クラハの呼びかけも、もはや届かず。

ただ一人の剣士だけが、それにも怯まず、歩みを進めた。

「俺はまだまだ未熟の身だが――それでも」

青年は、両の目で真っ直ぐに、目の前の魔人を見据え。

剣の柄に手をやると、ほとんど音も鳴らさずに、するり、と。

「あなたが選んだのは最善の道だったと、この剣で証明してみせよう」

抜き放った。

「剣士、ジル。
外典魔装〈灰に帰らず〉――俺が貴様を、再びこの地に葬ってやる」

剣気弾けて。

戦闘開始。

「ふッ――！」

決着の五割は初太刀でつく。

そのことは、十分にわかっていた。

だからこその、跳躍。

三足が必要だった間合いを、一足で飛び抜けた。

ジルはそのまま、上体を勢いよく振り抜ける。内功は最初から完全な形で身体を巡っている。すでに迷宮で何度も苦しめられたような、力に剣が耐えられないという事態のことを、彼は気にしてはいない。

どんな剣にも、優れて強い部位は存在し。

またどんな生き物にも、並外れて柔らかな部分が存在する。

その法則を理解し、目で捉え、確かにその場所を斬りつけるだけの力があるのなら――獲物の強弱は、攻撃の成否にまるで影響しない。

そのはずが、

「くッ――」

「おおぉアッ!!」

カキン、と。

その一刀は、魔人の右の大刀に受け切られた。

「疾い――――！」

外典魔装による侵食は、ゴダッハの身体の形をも変えている。

その身長は、ゴダッハ自身の元の大柄も相まってか――――ジルの二倍近くにまで膨れ上がっている。

巨大なものは、大抵の場合細かな動作を苦手とする。

その鉄則はしかし、目の前の結果が否定していた。

完全な防御。

首を狙うがための攻撃的跳躍は、ジルの身体を宙に浮かせている。

宙に浮くということは、身動きが取れないということだ。

「がァッ！」

魔人がそのまま、大刀を振り払う。

まともには受けられない――――ジルはその力に逆らわず、むしろ従った。魔人の力の向きを己が身体の内に留めず、後ろへと逃がす。結果として現れるのは、大袈裟なくらいの吹き飛び。

ゴロゴロと転がって、市街の壁に背中をつくことでようやくその動きを止めて。

顔を上げた瞬間には、もう目の前に魔人がいる。

彼もまた、跳躍していた。

「――――ッ」

ジルは身体を、起こさない。

その場で受けることもしない。むしろ、さらに低く沈めた。

轟音が響く。

ガラガラと壁が崩れるどころの話ではない。街全体が直接巨人の手で揺らされたような、強烈な震えが走る。

それをジルは避けて——跳躍の足元を潜るようにして背後に回り込み、魔人の踵《かかと》を斬りつけていた。

残心。

ジルはその場に——魔人の振り向きざまの攻撃が当たる場所には留まらず、素早く二足を踏んで距離を取る。

再び構えれば、街を破壊した強大な魔人の背中が映る。

そして斬り付けたはずの踵からは煙が立ち上り——鼓動のようにその肉がどくりと震えると、みるみるうちにその傷が塞がっていった。

「……なるほどな」

性質《たち》が悪い、と凍夜に一筋の汗を流し、ジルは呟いた。

動きは速い。力が強い。それだけでも始末に負えないというのに。

「多少の傷は回復できる、とまで来たか——」

選択肢は二つあった。

一つは、愚直に攻防を繰り返し、回復のための魔力に底を付かせること。

もう一つは――

「ガアァッ!!」

魔人が跳ねた。

数多の巨鳥と星々を背負って、頭上から降ってくる。

ジルはそれを、大きく後ろに跳んで躱す。

目の前――その胸先に触れるか触れないかの距離を、魔人の剣が掠《かす》めていく。

それが振り切られた瞬間には、ジルは前に踏み出している。右に払われた剣が左に切り返されようとする――慣性と腕力が釣り合って運動エネルギーがゼロになった瞬間、中空に停止した大刀を、踏みつけて。

「――一気に殺す」

駆け上がった。

ジルの身体が宙に翻る。全身の内功を踵に集中させて、魔人の頭上、舞うように。

「未剣――」

足刀は。

「――〈爆《は》ぜる雷《いかづち》〉！」

魔人に、叩き込まれた。

光が爆ぜる。眼鏡の奥で彼は目を細める。観察する。生半の剣では耐えられず、三度の〈体験〉を経た彼自身の身体すらなお焦がす、全力の一撃。それを受けた魔人の姿。

ゆえに瞬間、感じ取った。

気配――あらゆる生き物の心を凍らせる冷たい手。迷宮の中でただ一度だけ彼が耳にした、たとえようもなく昏《くら》い呼び声。

死。

それが今、己に矛先を向けていることを。

「――――ッ！」

魔人の瞳が揺れるのと、ジルがその肩を蹴り込んで離脱するのは、全く同時。

次の瞬間、激しい爆発は。

「〈魔剣解放《リリース》〉か――」

飛びのいて、激しい爆風に身を任せて距離を取って。

思わず、ジルはその言葉を口にした。

第三層から中層へと叩き落とされたときにも見た――あの、〈灰に帰らず〉が強大な魔力と引き換えに放つ、強力という言葉を七つ重ねてもまだ表しきれないほどの凄まじき魔法剣技。

それが今、魔人の右の大刀から、放たれていた。

比べ物にならない。

一度見たあのときとは、まるで威力が違う。もしもあと一瞬判断が遅れていたら、本当に灰も残らずに消えていただろうと、確信できる。

「あのときは――」

あなたが、とジルは呟く。

ゴダッハが外典魔装の力を抑え込んでいたから、あの程度で済んでいたのか、と。

「――にげ、ろ……」

〈魔剣解放〉を終え、周囲一帯に途方もない破壊痕を残し――その真ん中で、魔人はゆっくりと、ジルへと振り向いていた。

〈爆ぜる雷〉が与えたはずのダメージ……それすらも煙を上げて、修復しながら。

苦悶の瞳で、彼は。

「ヒト、では、決して……」

彼の言うことが誇張でないことは、ジルにもわかっている。

今の〈魔剣解放〉の威力は、迷宮で自分を削り取った〈オーケストラ〉のブレスと同じだけの力を持っている。いや、ひょっとするとそれ以上――。

人では勝てないと、ゴダッハが思うのも無理はない。

「モう、いい……サイ、封印が、さレたなら……。ココを、スてて……」

「――いいや」

しかし、それでも。

ジルは剣を、強く握る。

「必ず叩きのめしてやる――やられっぱなしは、気に入らないからな」

半年分の借りがある、と。

再び目の前の――外典魔獣中位種を上回る力を持つ魔人に、剣を向けた。

おそらくはその時が、ゴダッハの意識の限界だった。

「ア、ガァアアアアッッ！！！」

「っ、」

瞬間、魔人の中で何かが、切り替わった。

空気を揺らす咆哮、夜に罅を入れるほどのプレッシャー。

対峙するジルにはそれがわかったし……そして、それ以外の多くの人間にもわかったことだろう。

「そっちもなりふり構わずか――っ！」

その魔力の迸ること、まるで際限なく。

次々に〈魔剣解放〉の熱線が、ジルへと撃ち放たれてきていた。

止まっている時間はない。ただでさえ広い攻撃範囲を持つ技である上に、掠っただけでも身体が消し飛びかねない。〈オーケストラ〉戦での〈体験〉がどれほど自分の内功を高めているのか……

まさかその身に受けることで確かめるわけにはいかない。

「厄介な――！」

叫びながら、ジルは夜の街を駆けていく。

回り込んでいる時間などどこにもない。壁を走って、屋根を飛び越えて、時には低空を飛行する〈インスト〉を足掛かりにすることまでしながら、その執拗な追尾から逃れていく。

どんどん、その街は壊れ果ててゆく。

魔剣はその名の通り、熱線の通った場所には灰すら残さず――全てを平地に変えていく。

「ジル!!」

その叫びは、魔人の遥か背後――大聖堂の上空から聞こえてきた。

とても普通の声が届く距離ではない。伝達のための魔法を使ったのだろうということが、容易に想像できる。

その声の主は、ユニス。

「回避範囲を広げすぎるな！　それ以上行き過ぎると、直線上に避難の終わっていない区域が重なる！」

「了解――！」

さらに状況は厳しく。

向かって右へと進んでいたジルは、その熱線を飛び越えるようにして一気に左へとその進行方向を切り返した。

細く長く、息を吐く。

命の危機とほんの髪の毛一筋を隔ててすれ違っているような、いつ終わるとも知れない回避行動を続けながら。

「手助けは!?」

ユニスから言葉が飛んできて。

「無用だ！」

そう、ジルは返した。

これは、エゴやプライドだけの問題ではない。

いまだに〈インスト〉の数は空から減り尽くしてはいない。自分が広域攻撃手段を持たない以上、ここでユニスの魔力をいたずらに消費してしまえば、たとえ外典魔装を下したとて総力戦を余儀なくされ、多くの血が流れることは疑いようもない。

だから、これは自分の仕事なのだと。

ジルは、理屈ではっきりとわかっている。

そしてまた、選択肢は二つあった。

一つは、外典魔装の魔力切れを狙うこと。

これほどの広域魔法剣技を連続して繰り出していて、長くそれが持つとは思えない。ならばこの距離を保ちながら〈魔剣解放〉を避け続け、その魔力が切れたところで叩くという選択肢。

しかし、これには問題がある。

夜明けまで、そう時間もないということだ。

リリリアとユニスの言葉を思い出す――夜明けとともに訪れる皆既日食。それは魔獣の力を大きく上昇させる。となれば、外典魔装も同じだろう。ひょっとするとそれを計算に入れた上で、この異常な攻勢は行われているのかもしれない。

現時点で、拮抗状態なのだ。

新たなファクターが加われば、一息に覆される可能性は、十分にある。

であるなら、もう一つの選択肢――。

「正々、堂々――!」

覚悟を、決めて。

仕留めるために、ジルは走り出した。

チリチリと、何かこめかみの内側で奇妙な音が聞こえてくる。

極度の緊張が生み出した幻覚か、それとも危機を察知するための感覚器がちょうどそこに存在してでもいるのか――わからないがしかし、彼はそれをも無視して、前へと進む。

今なら見える。

〈オーケストラ〉を前にしたときにはぼんやりとしかわからなかった、魔力の発火光――その出元が、そしてその向きが、発散のタイミングが、今の彼の目には、くっきりと映っている。

「お、ぉおおおお！」

吼《ほ》えた。

そして迫りくる〈魔剣解放〉の圧倒的な奔流を前に――それでもなお前に進みながら、彼はそれを、紙一重で躱した。

じゅ、と服の裾に火の粉がかかる。

しかしそれは彼の疾走速度にはひとたまりもなく、ほんの一秒の間もこの世に留まらないまま、消え果ててしまう。

一度では収まらない。

二度、三度、四度――次々と繰り出される〈魔剣解放〉を、ジルは躱し続けた。接近し続けた。

泣き叫びたくなるような恐怖。

死そのものへと飛び込んでいくような無謀。

その果てに、ジルは。

五度目の〈魔剣解放〉の、その直前。

「づ、え、あァあああ――!!」

その大刀が振り下ろされ、魔力が放出される――そのほんの僅かな一瞬、力の緩みを捉えて、魔人の右腕を撥ね上げた。

途轍《とてつ》もない波動とともに、魔剣の力が夜に放たれる。

空が割れていく――あるいは、そこから世界が、真っ二つに引き裂かれてしまう――誰もがそう錯覚してしまうような、古き神話の時代の、闇の光。漆黒の太陽。

それはしかし、空を舞う魔鳥の他、誰の命も奪うことも。

何の形も奪うこともできず。

目の前の、ただ淡き力だけを武器に戦う、剣士によって逸らされて。

大技の後には、当然大きな隙がある。

「獲った――！」

ジルは魔人の懐に、再び入り込んだ。

「オォオオオ！」

魔人は叫ぶ。

しかしそれがすぐには攻撃動作に繋がらないことを、ジルは知っている。

だから彼は一息に、剣を振り抜いて。

一閃。

首が飛んだにも、かかわらず。

「は――？」

そのまま右の大刀が振り下ろされてくるのを、見た。

思考が追い付かなかった。

ただ見たものを、そのまま受け入れるほかなかった。

首がなくとも、魔人は動く。

本体は——この魔人を絶命させるための命の糸は、そこにはなかった。

彼はもう数瞬遅れてから気付くことになる——魔剣がゴダッハを取り込んだこと、それから何度も魔人としての身体を治す素振りを見せ付けてきたことで、打倒の条件を人間と同じと思い込まされていたのだと。本当は、その右の大刀こそが、それだけが、自分の攻撃目標とすべきものだったのだと。

しかし、咄嗟の瞬間に知覚できたのは、たった一つの直観だけ。

誘い込まれた。

「ま、ず——！」

大刀が、ジル目掛けて切り返される。

それをどうにか……どうにか、彼は膝を抜いて、がくりと地面に崩れ落ちるようにすることで避ける。

顔を上げれば、再び上段に。

夜空を裂くように大刀が構えられているのが見えた。

死が、形を持って迫ってくるのが、見えた。

そのとき彼は——ジルは知らなかった。

ユニスがその危機を見て、上空から別の魔法を飛ばそうとしていたこと。

リリリアが彼に、遠い距離から防御魔法をかけようとしていたこと。

そしてクラハも……それ以外の戦える人間たちもまた、拙いなりに己の技で以て、その大刀を一瞬でも止めようと動き始めていたこと。

そのことを知らず——ただ。

ただ彼は、己の魂に、追い付こうとしていた。

「あ——」

〈オーケストラ〉を一刀の下に斬り伏せたときと、同じ。

今、彼の魂が、先んじて動き出していた。

彼は、剣を振るしか能がない。

ゆえにどんな窮地に立たされたとしても、実を言うと彼の取れる手段は、常にたったの一つしか残されていない。

剣を振ること。

剣を振って、相手を倒すこと。

だから、肉体より意識より、それよりもずっと先に、魂が動く。

己のすべきことを知る魂だけが先に動いて——目の前に立つ敵手を、斬り伏せる。

その感覚を、彼は。

再び死の間際で、思い出していた。

〈体験〉ではない。そしてまた、〈覚醒〉でもない。

ただ、彼は気が付いた。

そうか、と。

「剣は――」

こんな風に振るものだったのか、と。

ユニスもリリリアも、そして当然クラハたちも――結局、その援護を間に合わせることはできなかった。

しかしそれでも、ジルは生きていた。

魔人の大刀は、地に落ちている。

まるで、ただ間違えてしまったかのように。ジルの脳天に叩き落とすはずだったものが、誤って逸れてしまったかのように。

当然、外典魔装がそんな失敗を犯すわけがない。

「――――!!」

横薙ぎの一閃。

それをジルは、さらに一歩、前方へと踏み込みながら……魔人の懐に一瞬で詰めるようにして起き上がることで、いとも容易く避けた。

とん、と剣の柄で魔人の腹に触れる。

魔人が膝で蹴り飛ばしてくるのを、甘んじて受け入れる。

その膝に手を合わせて、その力を肘から肩へ、背中へ。宙返りするようにして、距離を取る。

魔人が再び大刀を振りかぶる。飛び掛かってくる。

今度もまた、同じことをするだけ。

その大刀の腹に剣を少しだけ合わせるようにした。

ほんの僅かな力――それだけで、大刀の軌道が逸れる。轟音とともに、地に振り落ちる。

「ギ――ガァアアアアアッ!!」

剣戟《けんげき》。大刀の剛刃は七閃を宵闇に光らせ、しかしそのどれもが、目の前の剣士の脆い肌に傷一つ付けることも叶わない。

代わりに、再び地に堕ちた大刀の漆黒の刀身には。

闇を裂く光のように、剣の傷が。

「まだ浅い――」

その傷から煙が噴き出して。

もう相手も、なりふり構うことをせず。

大刀に、魔力が込められようとしていた。

それはもちろん、〈魔剣解放〉のために。

大刀は、もう振られない。

それがおそらく、外典魔装〈灰に帰らず〉が仕掛けた、最後の奇策だった。

〈魔剣解放〉のたびに張ってきたブラフ——あたかも剣を振らない限りはその技は発動できないように見せかけてきたこと……それが、最後の罠。

まるで予備動作もなしで〈魔剣解放〉を行い、この街を、国を、ひょっとすると自らをも巻き込む覚悟で——その禍々しい魔力の全てを、解き放とうとした。目の前の剣士を、爆殺しようとした。

しようと、した。

「秘剣——」

けれど、彼の剣は。

その魔法の輝きよりも、遥かに速く。

カウンターと呼ぶには、あまりに速すぎる。

それは、夢想の夜空に浮かぶ月。

太陽が光るよりもずっと先——その生まれることすら待たずして自ら輝き出した、幻の中の月のように。

「——〈月の夢〉」

どんな生き物にも柔らかい場所があり、
そしてどんな無機物にも、脆い場所がある。

それをジルは、ただ一直線に、斬り落とした。

キン、と剣を納める音が鳴る。

ばしゅう、と勢いよく、魔人は——否、その魔剣は、身体から煙を噴き出す。

それはこれまでの——再生の予兆とは、まるで違う。

その命が潰《つい》えたことを、知らせる合図。

魔人は地に伏し、ぐずぐずと崩れ始めている。

そしてやがて、その中からは気を失ったゴダッハと、真っ二つに圧し折られた魔剣〈灰に帰らず〉の姿が現れる。

剣を納めたまま空を見上げれば、いまだ流星の魔法で魔鳥を落とし続ける大魔導師が、不敵に笑っていた。

視線を落として遠くを見れば、聖女もまた、そこで穏やかに笑っていた。

その隣では、信じられない、というような顔で、クラハが、冒険者たちが、聖騎士たちが、目を見開いていた。

その全てを、眼鏡を通してジルは見つめ——それから、ふ、と息を吐いて、歩き出す。

「勝利――いや。人に心配をかけるようじゃあ……」

俺もまだまだ未熟だな、と。

一人、そう呟いて。


やがて、勝鬨《かちどき》が聞こえてくる。

外典魔装の撃破から二十分後、あらゆる魔獣は――古の時代から這い出てきた亡霊たちは、その街から姿を消した。

今を生きる人間たちの、勝利だった。

幕間　〈次の頂点〉

それは、遠い昔の話。

彼らがまだ若く――失うものすら、ほとんど持たなかった時代の話。

ギルドの小さな貸会議室に、十人にも満たない程度の冒険者たちが集まっていた。

黒板にはでかでかとした字で『Bランク認定記念　パーティ改名会議』と書かれており、その前には一人の若く、大柄な男が立っている。

「ああ」

深く、彼は頷いて。

「……も、もしかして、ダサいか？」

それから急に、不安そうに表情を変えた。

「いいんじゃねえの？　リーダーにしては」

とは髪を逆立てた、これもまた若い……いかにも剣士然とした男が言った。

「〈次の頂点〉《フューチャー・プラン》？」

「かっけーじゃんよ。俺たちで天下獲ったる！　みたいなさ」

「仰々しすぎんだろ」

それに異を唱えたのは、最初にその名に不満の声を上げたのと同じ男。彼もまた若く、弓士によくある軽装で、長い髪を後ろで縛っていた。

「お前らなあ……わかってんのか？　このパーティの戦闘力のなさ。カスだぜ、カス。名前負けだっつーの」

大体さあ、と面倒くさそうに、

「俺は女の子にモテたくて冒険者やってんの。んな大層な目標掲げられても、ついてけねーから。結婚でもしたらこんな危ねー職業、とっとと辞めるつもりだし」

「と、朝練から夜練まで一番訓練時間の多い男がフカしております」

「んなっ……！」

その余裕を崩されて「今言ったやつ誰だ！」と弓士が振り向く。けれどそれは、剣士も、リーダーも含めた笑い声によって、誤魔化されてしまう。バツの悪そうにして、弓士はどっかりと椅子に座り直した。

「まあ一応、ちゃんとした意味があってな」

リーダーの男は、照れくさそうに頬を掻いて、

「みんなも知ってるとおり、俺は貧農の出だった。三男でな。昔から身体がでかかったから、毎日

ひもじくて難儀したよ」

　そう言って、語り出した。

「でもある日、村の近くに迷宮ができた。それを攻略してくれた冒険者がいた。……そこから生まれた産業のおかげで、村から貧困は消えた。俺もこうして、ここに立つことができてる」

　だから、と彼は。

　曇りのない瞳で。

「俺は、次の世代にも同じことをしてやりたい。まだ誰も見たことのない場所、踏み入ったことのない場所に一番に進んでいって……そして、この世界をもっと、広げてやりたいんだ」

「……だから、次の頂点、か」

　弓士が頷けば、我が意を得たりとリーダーは笑う。

「とか言って、冒険もしてえんだろ。〈二度と空《ア》には《ビ》出会えない《ス》〉の近くに拠点を構えるくらいなんだからよ」

　剣士が茶化すように言えば、「まあそれはそうだ」とさらに笑みを濃くする。

「どうだろう。ダサいとか、こっちの方がいいとか、そういう案があれば言ってくれ。正直、俺はセンスがない！」

「いいんじゃねーの。センスがないぐらいが、身の丈に合っててよ」

「ばーか。こんくらい野暮ったい名前でマジで強かったらそれが一番かっけーだろうが」

「せ、センスがないのは否定してくれないのか……」

落ち込むリーダーに、けれど温かな笑い声が満ちる。

異論はないようだな、と彼は気を取り直して、

「それじゃあ、これで行こう。俺たちは〈次の頂点〉……これからはBランクパーティ、〈次の頂点〉だ！」

「っしゃあ！　やってやろーぜ!!」

「まずは人員補充からだな。戦闘メンバーを増やさねえと、Bランク迷宮に潜ったってすぐに死ぬぜ」

「安心してくれ。そのあたりは色々、俺もやり方を考えてる」

ほんとかよ、と弓士が言えば。

本当さ、とリーダーは答えて。

「だから……お前ももうしばらく、付き合ってくれよ。せめて、結婚でもして身を固めるまではな」

「……そんなら、もうすぐ抜けていいことになるな」

「えっ」

「お……はあ!?　お前、あれマジ惚れだったのかよ!?」

周囲のざわめきに、うっせバーカ、と弓士は返して、それから、照れ隠しのように大きく髪をか

いて。

　小さく、零《こぼ》した。

「……こっからが一番儲かるところだろ。もうちょっとくらい、付き合ってやるよ。ま、お前がリーダーとして、信用できるうちはな」

「……ああ。お前の信頼に、応えてみせよう」

「お前マジで言ってんの？　だってお前、『冒険者とだけはナイ』って散々……」

「うっせ。ほっとけ」

　それは、遠い昔の話。

　まだ彼らが、何も失わず、何にも縛られず、ただ一人の人間として生きていられた、若き時代の話。

　取るに足らないものかもしれないけれど——確かにそんな思い出が、彼らにはあった。

エピローグ

運命だから

「ジルくーん！　いつまで寝てるのー！」

カンカン、とフライパンを叩く異常な音で、ジルは目を覚ました。

んん、と呻きながら枕元を探る。指に当たったケースを開いて、取り出した眼鏡をかちゃりとつける。

ものすごく至近距離に、リリリアの顔があった。

エプロン姿の彼女は、にっこりと笑って。

「おはよ～」

「……おはようございます」

低い声で、ジルは呟く。この十日ほどは久しぶりのベッドで寝ていたせいで、眠りがひどく深くなっていた。

眠い。

ちらりと、窓の方を見る。

まだ朝日の気配はごく僅か——ほのかに青い明かりが差し込んできているだけだった。

「……早くないか」

「こういうの好きかと思って」

「……どういうのが？」

「こういうの」

うんともすんとも、ジルは答えられなかった。

身体を起こしてもぼーっとしたままで、リリリアに顔の前で手を振られたり、頬をつねられたり、あるいは両手で挟み込まれたりしても起きない。

「真面目な話すると、朝ごはんなくなっちゃうよ。みんな早いから」

「……！」

その言葉で、ようやく目が覚めた。

迷宮内での生活リズムがおかしくなっていたらしく、ジルはここ数日昼前までぐーすか惰眠を貪っていたが……今日だけは、そうはいかないのだ。

「午前中に用事済ませて、そのまま出発なんでしょ？　一応、何か食べて行った方がいいと思って起こしたんだけど……迷惑だった？」

「い、いや！　全然、そんなことは……！」

「だと思った。それじゃ、私は先に行ってるから。顔は洗って、着替え……は別にそのままでもいいけど。早めに来てね」

今日の朝ごはんもおいしそうだよ、私は作ってないけど、と。

じゃあそのフライパンはなんなんだ、というようなことを言い残して、リリリアは部屋から出ていった。

残されたのは、眼鏡の青年ただ一人。

いまだ少しばかり眠りの靄に包まれた頭の中で、こんなことを考えている。

朝からすごくいい思いをした。

誰だよ、八十歳の既婚の老婆とか言ってた馬鹿は。

俺が叩きのめしてやる。


「やあジル！　朝に会うのは久しぶりだね！」

「あなたは朝から元気だな……」

「ははは……これから寝るんだよ。泥のようにね……」

食堂の手前の廊下で、まずもってその芝居がかったユニスの声が彼を迎え入れてくれた。

「ここの朝ごはんはね……美味しいよ」

そしてなぜか、内緒の打ち明け話をするかのように顔を寄せて、声を潜めた。

「……そうか」

「そうだよ」

「……俺は今、どんな反応を求められてる？」

「むやみやたらに朝食に対する期待を膨らませて、かつその想像を逐一大声で口に出してほしい。

『ウニか⁉』とか『カニか⁉』とか……」

「何のために？」

「わからない……なんでだろう……」

こいつ疲れてるんだな、とジルは思うことにした。

剣を振ったらそれで終わりの自分とは違って、大魔導師にはまだまだ、この街の修復やら何やらやることがたくさん残っている。星空の下でその力が高まるという都合上、ユニスは夜通しの作業をすることが多いし、その疲れが今ここで出ているのだろう、と。

「肩でも揉んでやろうか」

「えっちだね……」

「今の申し出は綺麗さっぱり忘れてくれ」

少し歩けば、食堂につく。

教会の朝が早いというのは本当らしく、その配膳の受け取り場所から入口まで、すでに行列ができていた。

ジルはユニスと、その最後尾に並んだ。

前に並んでいた信徒たちがふたりに気が付いて、「何で普通に並んでるんだ」とばかりにギョッとして前を譲ろうとしてくれたが――しかし彼らはそのまま並び続けた。「シャケか!?」「その海産物に対するこだわりはなんなんだよ」とか、そんな話をしながら。

待っていれば、やがて順番は回ってくる。並んでいる食べ物の中から、自分が欲しいと思うものだけを取っていく方式だった。ユニスが言うには、余ったものはそのまま昼食に再利用されるほか、ドカ食い聖騎士たちの訓練の供になるという。

パンにスープにベーコンにスクランブルエッグ、マッシュポテトにサラダに……食べられるときにたらふく食べるタイプであるところのジルも、しかし教会からの厚意で無料で提供してもらっているこの朝食を、根こそぎかっさらえるような人間ではない。最後に牛乳を注いで、ユニスがオレンジジュースを注ぎ切るのを待って、それから席を探した。

テラスの方に、リリリアの姿があった。

きらきらとその白金の髪を輝かせて……というか肌それ自体がうっすら発光しているようにすら見える。

探しやすくていいな、と思いつつ、ジルはユニスとその席へ近づいていった。

「もふぁおー」

ちなみに彼女は二人を待つことなく、もう食っていた。

そして、なぜかまだエプロンをつけていた。

「おはよう。いやあ、いい朝だね。僕はもうさっさと寝たいよ」

「おはよう。……言いそびれてたけど、さっきは起こしてくれて助かった。ありがとう」

いえいえ、とリリリアは笑った。

それから三人揃っての朝食が始まる。

「こうして三人揃うのも、とりあえずはこれで最後だねえ」

リリリアが言う。

「え……、あ。そうか。ジルはもう旅立ちか」

「今日の昼前には」

「そういえば、アーちゃんが『馬車の用意は？』って言ってたけど、どうする？　あった方がいい？」

「いや、気持ちだけで。この状況で人手を割いてもらうのも悪いしな。大丈夫だよ、これでもそれなりに一人旅はしてるんだから」

すごいよねえ、とリリリアはスープを飲んで、

「私絶対、一人旅とか無理だよ。生活能力ないし、迷うし」

「でも僕はいまだに信じられないんだけど、君たちあの魔獣を僕が来るまでは生で食べてたんだろ？　それだけでも凄まじいサバイバル能力だと思うけどな」

「そうかなあ。私も意外と、放り込まれたらなんとかなっちゃったりする？」

魔獣と比べてここの朝食は天国で出されるような出来だな、とジルは思いながら、ベーコンを口に運んだ。

じゃあ、とユニスが言った。

「朝食を食べたらそれではいサヨナラって感じかい？」

「そうだな。病院に寄って一応、あいつらの顔だけは見に行くけど……意識、戻ったんだろ？」

「戻しました」

ちょっと自慢気に、リリリアが胸を張った。

かわいい、と非常に素朴にジルは思った。迷宮の中で眼鏡があったら、耐え切れずに思わず自害していたのではないかとすら考えられる。

しかしそれをおくびにも出さず、話を続けた。

「最後だからな。挨拶して……あとは一つだけ、長引かせてる約束もあるから」

「できれば僕も見送りに行きたいが……」

「いいよ。疲れてるんだろ」

「すまないね」

「いいさ。別に、今生の別れってわけでもない。……例の件もある。生きていれば、いくらでも会う機会があるさ」

あ、とリリアが声を上げた。

「文通」

「あ、」「あ、」

「はいみんな忘れてた。よくないな～、そういうの」

ちゃんとやろう、と彼女は言う。

「私は再封印の練り込みのために、しばらくはここにいるから。ユニスくんは……」

「もう少ししたら魔法連盟から代わりの人員が来るから、それと入れ替わりかな。もう〈二度と空《ア》には《ビ》出会え《ス》ない〉も迷宮としては沈静化したようだし、わざわざ僕がうろちょろ迷っている意味はないからね。以降はしばらくまた大図書館に戻って、色々とその資料を研究してみるつもりだよ」

「じゃあとりあえず、二人はこうなるので」

ジルくん、とリリアは言った。

はい、とジルは答えた。

「どこかで落ち着いたら、手紙ちょうだいね」

「わかった。そういうことなら」

「私の字、超かわいいからね」

「僕も頑張って暗号を作るよ」

「……一応言っておくと、俺の手紙は別に面白くはないぞ」

「面白くしてね」「楽しみだなあ」

「おい」

そんな調子で、食事も終わり。

食器も片付けて、食堂の手前。

「それじゃあ」

「うん」

「元気でね」

それだけを短く言って、三人は別々の方向へ――、

「あ」

しかし、またもリリリアが言った。

「ん？」「どうかしたかい？」

「お別れのちゅーをしてあげよう」

ジルは一瞬、ものすごいことになった。

何がどうものすごいことになったのかを説明するのは難しいが……しかしとにかく、ものすごい

ことになった。

しかし鋼の精神力で、それを抑え込んだ。

ということで、総合的かつ正確に言うなら、ものすごいことになりかけた。

ものすごいことになり切らなくてよかったはずである。

リリリアが次にしたのは、エプロンの前ポケットに手を入れて、人形を取り出すことだったから。

布製で不格好な、子ども向けの人形劇に使うような、へたれた鹿の人形。

それを手に嵌《は》めて、当然のようにジルの頬に、ぐりぐりと押し付けてきた。

「ちゅー」

「……なんだそれ」

「子ども向けの人形劇で使うやつ」

なんでそんなものを持ってるんだ、というかなんでずっとエプロンをつけてるんだ、とジルが訊く前に。

「それいいな。僕もやりたい」

「何がいい？」

「鳥かな」

「竜ならあるよ」

じゃあ竜で、とユニスは言って。

「ちゅぅうううう」

「…………なんだこれ」

「竜」

そういうことじゃなくて。

はあ、とジルは溜息を吐いた。

期待して損した、と思いながら。

まあしかし、こうして別れを惜しまれるのも悪くないか、と思い直して。

「ジルくんもやる？」

「……じゃあ、まあ」

「はい。じゃあ狼の」

狼と鹿と竜が出てくる人形劇。

そのストーリーに少しだけ思いを馳せながら、ジルはそれを手に嵌める。

ユニスには、特に遠慮なく。ぢゅううう、と。

そしてまた、リリリアにも。実際のところは、そこまで躊躇なく。

「ねえ、ジルくん。ユニスくん」

その終わり際、リリリアが囁いた。

「うん？」「なんだい？」

訊き返せば、彼女は答える。

「また会うよ。私たち三人は、運命だから」

そんな風にして、三人の迷宮の攻略者——滅王の再封印者たちは、互いのこれからを、祈り合った。

誇りに思う

一応見舞いの花くらいは持っていくか、と花屋に寄れば、代金は要らないいや払ういやあなたのような人から貰うわけにはいかないバチが当たるいや当たらない払わせてくれいや払わないでくれなんならこの街にいる間は財布は捨てておいた方がいい、と一悶着を演じる羽目になり、やや疲れ気味でジルは病院に訪れていた。

小さな花束を片手に見舞いだと言えば、教会所属の受付人も「ああ、」と言って応じてくれる。「でしたら四階の——」と言いかけてから、ふと何かを思い出したように立ち上がり、「ご案内します」と先を歩いてくれた。ひょっとすると自分が方向音痴だという噂はどこまでも広がっているのかもしれない、と一瞬ジルは不安に思う。

病室の前には、いかにも冒険者然とした屈強そうな男が立っていた。

顔を見られるや、大きく頭を下げられる。これはそういう流れだろうな、と思ったから、案内してくれた人物に礼を言い、外に立っていた男に続いて病室の中に入った瞬間、機先を制するようにジルは言った。

「もう謝罪はいい」

中には、〈次の頂点《フューチャー・プラン》〉に所属の主力メンバーのほとんどが揃っていた。

強いてジルが気付くことがあるとしたら、自分たちが駆けつけるまでの間に外典魔獣〈インスト〉を仕留めたという弓士が不在であることだけ。

その言葉によって明らかに身体の動きを止めた人間がいたから、やはり自分の予想は間違いではなかったのだと彼は思う。

「いい、本当に……。すでにあなたたちから個別に謝罪は受け取った。だから、わざわざもう一度謝らなくていい。この間、伝えたとおりだ」

そして彼らの反応を待たないままに、ジルはベッドの脇に立つ。勧められて、丸椅子に座る。

そのベッドには、ゴダッハが横たわっている。

「……申し訳ない。こんな恰好で……」

「それもいい。リリリアから聞いてるよ。外典魔装との融合で骨折やら筋肉の断裂やらが激しいって……ああ、起き上がらなくてもいい。そのままで」

申し訳ない、とゴダッハはもう一度言った。

「急速な治癒では後遺症が残ると言われたもので……。できれば、ジル殿の出立までには間に合わせたかったのだが」

殿、という敬称に少しだけジルは顔を引きつらせる。

丁寧という印象すら受ける男だった。冒険者という血の気の多い集団を率いながらなおそれを保っていられるのは、もちろんその態度でもナメられないだけの実力があるから、という証拠である。

目の前にいるのは、Aランク冒険者のリーダーを務め、そののちは仕掛け付きとはいえSランクにまで引き上げた男なのだ。心も身体も、弱いはずがない。

しかしその男と初めて接触したときに感じた印象……粗野で、横柄。それを思い出しながら、精神を侵食するという外典魔装の怨念の力に、ジルは改めて心を寒くする。

「聞けば、今日、この街を出立すると……」

「ああ。最後に、顔を見に来た」

「……先ほど、謝罪はいいと仰《おっしゃ》ったが、しかし私は、いまだあなたに伝えられていない。少しばかり、時間をお許しいただきたい」

申し訳なかった、と。

真摯な声で、ゴダッハは言った。

「あなた方の、推察したとおりだ……。私は迷宮で拾った外典魔装に心を呑まれ、滅王の復活に手を貸す羽目になった。大聖堂の破壊……それを、宿命のごとく押し付けられた」

「……俺を、パーティに誘ったのは？」

その答えを半ば知りながらも、ジルはあえて訊ねる。

「……外典魔装に触れたことで、滅王の復活の仕組みを知った。再封印の、必要があることも。ならばそれを逆手に取ろうと、どうにかあの迷宮を攻略し再び封印してやろうと、浅はかながら私は考えた。ゆえに私の知る中で最も優れた、無所属の剣士——ジル殿。あなたを、ここへと呼び寄せた」

それが師匠ではなく自分であったのは、単純な連絡可能性の問題だろう。

ジルは頷いて、

「教会への相談は？」

ゆるく、ゴダッハは首を横に振り、

「できなかった……。直接的な行動を起こそうとすると、外典魔装の侵食は引き締めを増す。何度も抗おうと試みたが……不甲斐ない」

歯噛みするように、言った。

「あなたは強かった」

さらに、ゴダッハは続ける。

「第三層——外典魔獣を相手取ってすら、単騎で互角に戦った。果てには外典魔装を破壊するほどの実力に……。しかし、それがかえって――」

「外典魔装からの警戒をもたらす結果になった、というわけか」

「そのとおりです。……私を通してあなたの力を目にしたことで、あなたの危険度を教会勢力と同程度と判断したらしい。封印された滅王と接近してしまったこともあったのか、迷宮の中で強力な侵食に襲われ――」

〈魔剣解放《リリース》〉、と。

ジルがその先を、呟いた。

「――あなたには感謝してもしきれず、謝罪してもしきれない」

本当に申し訳のしようもない、とゴダッハは言った。

「この手であなたを引き込んだこと。そしてそれにもかかわらず、背中を斬り付けるような真似をしたこと――そして何より、聖女と大魔導師を連れて再封印への道を切り開き、外典魔装を破壊し、この街を、国を、世界を救っていただいたこと――何を以てしても、私ごときでは到底、詫び切ることも、感謝し切ることもできない」

償えと言うのなら、と。

「この命――」

「言わない」

きっぱりと、ジルは否定した。

それから、困ったように頭をかいて、

「……怪我人のところに押しかけるのは悪いと思ったんだが、来てよかったみたいだな」

そう、呟いて。

「はっきり伝えておこう――俺は別に、何も気にしちゃいない」

ゴダッハの目が大きく見開かれるのを、しかし気にせず、

「そりゃあ、あんなのと戦ってるときにあんなのをぶっ放されたら多少は恨むし……しかもろくに装備もないのに地下迷宮で半年置き去りだ。脱出した暁には全身の骨という骨を二回ずつ圧し折ってやろうかくらいには思ってはいたが――」

あなたはもう、実際そのくらいの怪我は負っているわけだし、と。

続けて。

「大体、こんな大仕掛けがあって、その解決者として期待されて――それで一件落着になって『よくもあのときはあんなことを』なんて、操られていた人間に言うのか？　別に俺は自分を聖人だとか人格者だとか思っているわけじゃないが、流石にそこまで器は小さくない」

「しかし、私は――」

「あなたのパーティのメンバーたちが何度も訪れて、何度も謝罪してきた。背中を撃つ、それから置き去りにする。それだけで、冒険者とは二度と名乗れないほどの罪だと……だが、俺はそんなことは知らん。関係がない」

いいか、とジルは有無を言わせぬよう、努めて偉そうな口ぶりで、

「俺は巻き込まれたわけでも、罠にかけられたわけでもない——頼られたんだ。そして期待された通りに問題を解決した。あなたは感謝の言葉を俺にくれた。あなただけではなく、それ以外の、街の人々からも。

俺はもう、それだけでいい。十分だ」

言い切れば、どこか気恥ずかしさのようなものが胸の奥に湧いてきた。

それを表に出さないように堪えつつ、ジルは言う。

「操られていた間の罪だとか、そういうのはもう、俺のことは抜いて考えるといい。それから、他のメンバーたちも……俺を置き去りにしたなんて話も、脅されていたんだから、仕方のない話だ。どうして見ず知らずの俺より家族を取らない理由がある」

「しかし——」

次に口を挟んだのは、ゴダッハではない。

彼の顔もまた、ジルは知っている。

外典魔装を破壊した後の避難誘導で、現場の指揮を執っていた剣士だ。

「俺たちは、操られていたわけでもなく——」

「……外典魔装による精神侵食は、その装備者の心が弱まれば弱まるほどに強く作用する」

聞きかじりの知識を、ジルは。

「もしあなたたちが反抗して、ゴダッハが人質を殺すようなことがあれば――仲間の身内を殺したことになるんだ。それに付け込んで、もっと精神侵食は進んでいただろう」

「……結果論だ」

「いけないか？」

返答を待たずに、ジルは言葉を継ぐ。

「まっすぐ進める道なんてこの世にはほとんどない。紆余曲折を経て、迷いに迷って辿り着くものだろう。初めから正しい道を知っていて、何も間違えないなんてことは、誰にもできやしない」

だから。

この道でよかったのだ、と。

「それぞれが精一杯やれることをやった。その強さと弱さが、この場所に俺たちを辿り着かせた。……そのことをどう捉えるかはあなたたちの自由だけれど」

俺は、と。

再び、真っ直ぐにジルは、この場にいる全員を見つめて、

「この迷い道で、よかったと思う。

そして、ゴダッハ。外典魔装の呪いをその身に受けてなお、この険しい道を進もうとしたあなたに、その先を切り拓くための剣として選ばれたことを――俺は、この上なく誇りに思う」

ジルは、立ち上がって。

「あなたたちがいなければ……、たった一つでも何かが欠けていれば、街の人たちは死んでいた。この世界は、滅びていた。

だから、礼を言う。

俺をこの場に導いてくれて――この世界を守るための機会をくれて、ありがとう」

そう言って深々と、頭を下げた。

たっぷり十秒。

顔を上げてからは、照れくさそうに微笑んでいる。

「ジル殿……」

「どうせ反論されるだろうと思ったから、最後に一回だけ言おうと決めてたんで……ああいや、決めてたんだ。言い逃げで。もうあなたたちが何を言おうが俺は走ってこの街を……っと。折角買って来たのに、持ち帰るところだった」

見舞い、と言ってジルはゴダッハに花束を押し付ける。

そこからは、もう格式ばった動きの一つも見せないで、

「快癒を祈る。……それから、俺はどうも、結構迷宮潜りが好きみたいだ。また誘ってくれ、先輩方。そのときは今度こそ、優しくしてもらえればうれしい」

それじゃあ、と足早にジルは病室を出て行く。

遠ざかって、あれここどこだ、と周りを見回す頃には、ぼんやりと胸の中に小さな悩み。

上手く自分の気持ちを伝えられたかな、なんて、いかにも若者めいた悩みが。

私で、よければ

「む、ジル殿か」

「いや、殿はつけなくていい……」

次に……あるいは、馬車屋に行くまでの最後にジルが訪れたのは、〈二度と空には出会えない〉の近くに設置された、仮の作業スペースだった。

おそらくこのあたりにいるだろうと辺りを見回したものの、仮組の建物はやたらにだだっ広く、騎士やら冒険者やらがひっきりなしに行ったり来たりするから堪らない。目当ての人物が見つからずに途方に暮れていると、どうやら仕事の途中らしいアーリネイトがこちらを見かけて、声をかけてくれた。

「どうされた。今日が出立とリリリア様からは聞いているが……」

「そうなんだけど……クラハって、今どこにいるかわかるか？」

今回の事態を受けて、中央教会からは次々と人員が派遣されてきている。

その中には大司教の姿もあり、聖女リリリアと違って事務方にも優れていることから、全体の指揮権はすでにアーリネイトから移っている。

しかし現場の指揮を執っているのは依然変わらず、彼女だ。

だから訊いてみて損はないだろうと、試しにジルは訊ねてみた。

訊かなきゃよかった。

「クラハくんがどこにいるか、わかるものはいるか！！！！」

ものすごい大声だった。

広い作業スペースの全体に、一瞬で響き渡る。

そして当然、注目は集まるわけで。

なんだかめちゃくちゃ恥ずかしいような気がした。

近くにいた冒険者らしき少女がそれに答えてくれる。

「クラハちゃんならたぶん、今の時間は潜ってますよ。そろそろ帰ってくると思いますけど……」

「そうか、ありがとう。……だ、そうです。ジル殿。この場で待たれますか？　お茶くらいなら出せますが」

にこにこと笑っている彼女に、おそらく悪気はないのだと思う。

たぶん気に入られてもいる、とジルはわかっている。

混乱が収まった後にアーリネイトは自分の元へとやって来て、とにかく感謝の言葉を送ってきた。

曰く、うちの聖女を世話してくれてどうもありがとう。あれだけの力があれば死ぬことはないだろうと思っていたが、まさか「すごい楽しかった」なんて言って帰ってくるとは思わなかった。本当に本当にありがとう。〈星の大魔導師〉からも一行を牽引してくれていた素晴らしい人物だと聞いている。今後ともうちのをよろしく頼む。ぜひぜひよろしく頼む。何と言ってもよろしく頼む。

何かあったらいつでも教会へ――ちなみにリリリアが迷宮探索中に行方不明になった件については、やはりその転移魔法陣がラスティエの残した隠し通路だったと見られており、その責任は不問とされたようだ。

ゆえに百パーセントの善意、と見られたので。

「それじゃあ……」

「――大英雄」

知っている声が、かけられた。

目をやると、そこにいたのは長髪を後ろでまとめた、弓士の男。

〈次の頂点〉のメンバーの、ホランドだった。

彼はジルを見るや頭を下げて、

「申し訳ない。俺もゴダッハの病室に行く予定だったんだが、騎士団からどうしてもと迷宮内部へガイドとしての同行を求められてしまって……」

「ああいや、いい。構わない、全然」

すでに謝罪は十分受けたから、と。

ジルはホランドに言って、頭を上げてくれ、とも頼んだ。その間に自分の用は済んだと察したのだろう、アーリネイトはその場を立ち去っている。

「探索は順調に？」

「ああ。やはり滅王の洩れ出した魔力が迷宮として形を作っていたらしい。だがそれも、ええと、あなた方——」

「いいさ、話し方は普通で」

「……いや、そういうわけにもいかない。あなた方三人が最深部で再封印をかけてくれたおかげで、だいぶ薄くなった。あとは普通の攻略済み迷宮と同じで、消え残った雑魚を狩りながら慎重に内部構造を見ていくだけだ」

「階層主は全部消えたと聞いたが、本当に平気そうか？」

「そうだな。そこまで地形的に難しい場所でもないから、おかげで今は随分進行難度も低くなってる。ただ、どうしても中が深いな。マッピングをしても一息に深層まで降りていくのは難しいから、途中にいくつかベースキャンプを整備しながら、調査のための道筋をつけているところだ」

「一応、報告した通り、あの扉を越えるときは注意した方がいい。沈静化で消えた可能性もあるが、雑魚が一匹残っていただけでもかなり厄介だ」

「了解。最初の調査には俺も同行することになるだろうから、よく注意しておく。……使いどころがある間は、生き恥晒してでも冒険者のナリはしてるつもりだからな」

「そうしてくれると助かるよ。いざというとき、外典魔獣を倒せる人間は一人でも多い方が心強い」

ああ、と複雑そうな表情で頷いてから。

ところで、とホランドは言った。

「ひょっとして、ここに来たのは……」

「……まあ、そのつもりで」

「そうか。ちょうど俺と一緒にガイドとして潜ってたから、そろそろ後片付けを終えてこっちに戻ってくるはずだ。……すまないな。気を利かせられなくて。早朝からここに来てたのが、俺とあいつしかいなかったんだ」

「いや、全然。急な仕事だったんだろ。俺だってもっと早く言っておけばよかったんだ。身体の調子を戻したりなんだりで先送りにしてたから、ギリギリに——」

そんなことを話しているうちに。

とうとうクラハが、顔を出した。

「あ……！」

よ、と片手を挙げたジルに、慌てて彼女は駆け寄ってくる。

「す、すみません！　ゴダッハさんの病室に行く予定だったんですが……」

ちょうどさっき言われたばかりの言葉と同じようなことを言って、頭を勢いよく下げた。

「……俺はひょっとして、今後このパーティのメンバーに会うたびにこうして謝られることになるのか？」

「す、すみません！　鬱陶しくて……！」

「いや、そこまではいかないけど……」

ちらり、とジルはホランドを見た。

するとホランドも、これまでジルが散々、会うたびにメンバーの全員に謝られてきたこと……その煩わしさを察したらしい。バツの悪そうな顔をして、

「いや、その、なんだ……すまん」

「だから気にしてないって言ってるのに……。なんでもいいから、とりあえずここにいる二人だけは、もう後ろめたさも消してくれ。せっかくここでできた知り合いが『会うたびに謝ってくる人たち』ばかりなのは、なんだかその、寂しくなる」

「す、すみません！」

「…………」

ううん、とジルが唸れば、ホランドが小さく笑いを洩らした。

そういうのでいいんだ、とジルが彼に言えば、努力する、と応えてくれもする。

「その、ところで」

クラハは、ようやく顔を上げて。

「どうしてこちらに？　何か、迷宮に御用ですか？」

「ああ、いや……」

少しだけそれを言葉にするのは、勇気が要る。

半年も前に、口先で交わしただけの。

取るに足りない、忘れられても仕方のないような――

「約束、しただろ」

「え……？」

きょとん、と目を丸くしたクラハを見て。

ああ、やっぱりな、と。

ジルはちょっとだけ、後悔をしながら。

「覚えてないか。まあ、そりゃちょっと話しただけで――」

「――覚えて、くれて……」

ぼろり、とその丸い目から涙が零《こぼ》れたので。

ものすごくジルは、ぎょっとした。

「――待て。待て待て待て。泣くな」

慌ててポケットからハンカチを取り出して、クラハに手渡そうとする。しかし彼女はそれを受け取ろうとしない。涙に輝く瞳は真っ直ぐに、ジルだけを見つめている。

「覚え、て……」

「当たり前だろ。迷宮に潜ってる間も、随分先送りにって……」

気にしてたんだ、と。

仕方がないから、ジルがその手で、クラハの涙を拭った。

「だから、その、この街を出る前にと思って――」

「……ごめんなさい」

再び、クラハは頭を下げた。

ぽたぽたと、床の上に涙を落としながら。

「私に、そんな資格は――」

「心配してくれてたんだろ」

なんとなく。

彼女の返答は予想できていたから――その言葉を遮ることは、ジルにとって容易かった。

「聞いた。〈次の頂点〉が身動きを取れなくなってる間、聖騎士団に情報を提供してくれたって。

……それに、俺が中層に落ちた後、ゴダッハに抗議してくれたって」

「でも、私、何も――」

「何もじゃない。……それだけのことを、してくれたんだろ。できることをやってくれた。俺だって同じだよ。できることをしただけ。――それだけで、十分だ」
何も恥じ入られるようなことを俺はされちゃいない、と。
彼は、言った。
「だから、まっさらな気持ちで考えてくれ。
俺の旅に、一緒に来てくれないか。もしもまだ、そのときの約束が生きているなら」
剣術を教えると、言ったこと。
あの日のことを覚えていて、もしもまだ気持ちが変わっていないのなら――。
そう、彼はクラハに、申し出た。
「こっちのことは、何も気にするな」
ホランドが口添えもする。
事前にジルは、ホランドにも――〈次の頂点〉のメンバーにも、話を通していた。
メンバーの引き抜き……彼女に旅の同行を持ちかけてもいいか、と。
否、と答える者はいなかった。
代わりに、その多くが、頭を下げた。
ホランドも。
――こんなこと頼める立場じゃないとわかってはいるが。
――連れていってやってくれないか。あいつを……、

「俺たちは俺たちで、どうにかやっていくから……だからお前も、行きたいところに行け。なりたいものに、なっちまえ」

とうとう、泣き声を抑えるべくもなく。

ジルは、泣き崩れる彼女に、語り掛けた。

「まあ、その……偉そうなことを言ってはいるが、こっちの都合もあるんだ」

どこか恥を忍ぶような、声色で。

「前に言った通り……俺は絶望的に方向音痴なんだ。眼鏡があってもなくても、変わりなく。実際、ここに来るまでも三人くらいに道を訊いて、しかも最後は結局、直接連れてきてもらったくらいだ。できることよりも、できないことの方がずっと多い」

それなのに、と困ったように、

「実は、やることができた。他に封印から抜け出した外典魔装や外典魔獣がいないか調べるとか、いざまた封印が緩みかけたときに肩を並べて戦えるような戦士に声をかけにいくとか……まあ、そういう、修行ついでの頼まれごとを、色々と。……しかしどうも俺の勘では、一人じゃろくな旅にならない気がしてる。それはもう、ひしひしと」

だから、と。

彼は、言った。

「俺は剣を振るしか能がない――。

クラハ。剣を教える代わりに、これから先の旅を、手伝ってくれないか？」

何度も。

何度も何度も、クラハは泣きじゃくった。言葉を放とうとして、何度も何度も、声を詰まらせた。

けれど、ジルは。

何も言わずに、その言葉が生まれてくるのを、待っていたから。

涙で濡れた顔を上げて——彼女はとうとう、その言葉を口にすることが、できた。

「ずっと、憧れて、たんです」

「……うん」

「子どもの頃から、ずっと、冒険者に、遠い、世界に、旅立っていくことを——」

涙を、袖で拭って。

「資格なんか、ありませんけど、それでも……それでも、私——」

最後には、真っ直ぐに彼の目を見つめて。

こう言った。

「私で、よければ……！」

もちろん、とジルは頷いて。

よろしく頼む、と頭を下げた。

準備をしてきます、と外に飛び出していこうとするクラハを、待ってくれ、とジルは引き留める。

先に行かれるとまた迷ってしまうから、と。
すみません、と彼女が言って。
こちらこそ、これからたくさん迷惑をかける、と彼も言って。
この街の人々に、一言だけの別れを告げて。
あてもない再会の約束を、取り付けて。
二人並んで、旅に出た。
見上げれば空は青く、花びらが風に香っている。
気付けば、もう春が来ていた。

これから

どうしても遠回りがしたいのだ、と師匠が言うのを弟子は聞いていた。

「……ダメか？」

「いえ、いいですけど……」

なんだかやたらに申し訳なさそうにしょげ返る目の前の青年──ジルに、何もそんなに縮こまらなくても、と思いながら少女──クラハは応える。

「ええっと、」

と、地図を彼の目の前に広げて、

「いま私たちがいるのが──」

「ああ、ここだろ？」

「違います」

えっ、という顔をジルがした。

えっ、という顔をクラハも作りそうになって──いやいや、人には得手不得手、と自分の心を誤魔化した。

「いま私たちがいるのは、こっちです」

「……なるほど。出発点から考えて誤差三十度くらいか」

そうですね、六十度くらいですねと応えて、それから「この分だとジルさんが最初に言い出した『遠回り』というのもどういう認識なんだか怪しいぞ」と順当にクラハは考えたので、そのまま紙面に指を滑らせて、重ねて訊ねる。

「で、ジルさんの行きつけの眼鏡屋さんがここなんですね。……間違いないんですか？」

「ああ、間違いない」

本当かな、という雰囲気がどうしても滲み出てしまったのかもしれない。

信じてくれ、といやに真っ直ぐな言葉をダメ押しのように投げかけながら、ジルは眼鏡を外して、そのつるの部分をクラハに見えるよう目の前に差し出した。

「ほら、ここに地図があるだろ」

「え？」

ここ、とジルの指先が動く。何がなんやらわからないまま、クラハはその場所に顔を近づけ覗き込む。

本当に地図だった。

眼鏡のつるに、小さな地図が、描き込んであった。

「眼鏡の加工をしてくれたのが、こういう細かいこと全般が得意な人だったんだ。これ、呪い破りのために色々特注してあるんだけど、その途中で俺が方向音痴だって話もしたら……」

「忘れないように、ってここに描いてくれたんですか」

そう、とジルが答える。

へええ、と思わずクラハは、それをしみじみ見つめてしまった。

かなり細かい。というか、以前に見たときも思ったけれど、この眼鏡自体ほとんど市場で見かけることもないような高度の加工がなされている。それこそホランドが使っていたような魔獣の遺骸を利用した弓と同じグレード……よほどの腕の道具製作者の手が加えられていることは間違いがなかった。これだけアフターフォローも完璧となると、自分のような駆け出し冒険者が一目見ただけでは把握し切れないような技術や工夫がさらにいくつも込められているだろうことも、容易に想像がつく。

すごく興味がある。

じっくり観察してみたい。

こういうのが、大好きだから。

でも、今のところ本題はそこではなかったので、あまりジルとの会話が盛り上がってしまう前にと、クラハは地図の方に集中を戻して。

「この白丸のところが、眼鏡屋さん……なんですね。東の国の、国境線のあたりの」

「ああ」

「そうなると、地図上ではこっちではなくこっちですね」

「……なるほど。かなり惜しいな」

「はい、かなり惜しかったです」

実際にそれがかなり惜しかったのかどうかはクラハの心に訊いてみることでしか誰をして知ることはできないが、とにかく腕のいい道具製作者の細やかな気遣いは、無に帰す直前でこの少女の手によって救出されるに至った。

「となると、今の馬車がこの街まで行くので、ここで乗り換えの馬車を選ぶような形なんですが……」

つつーっ、と地図上にさらに指を滑らせながら、

「ジルさんがしたい遠回りというのはどういう……ごめんなさい。わかりますか？」

「任せてくれ。いや、任せないでくれ」

度重なる方向音痴アクションの末にすっかり自信をなくしたらしいジルが、アンビバレンスな感情を吐露しつつ、クラハの指の横を指し示す。

「この道が、たぶん一番メインだよな」

「すみません、違います。こっちです」

「そうか。そんな気がしてたんだ。……どうせ間違ったことを言うんだろうという気がしてたん

だ」

そんな悲しいことを言われてもクラハの方も困る。

困って何も言えずにいたら、しかしどうやらジルの方はそういう悲しみに慣れっこらしく、「じゃあ一番メインの道はどれだ？」と素直に訊いてきた。

「これですね」

「これを通らないようにしたいんだけど、できるか？」

「できますけど……」

どうしよう、とクラハは迷った。

どうしてその道は嫌なんですか、と。

訊いてみるべきなのかどうかを、迷った。

だって、こっちは旅についていく側。ガイドして、さらに剣を教えてもらう側。おまけの側なのだ。

旅のメインを張る人の決めることに、いちいち疑問を投げかけてもいいものなのか……おそらく、あれだけ自分を含めた〈次の頂点〉《フューチャー・プラン》のメンバーに寛大に接してくれた彼だから、そうして訊いたとして何ら不機嫌になることはないだろうと確信できるけれど。

怒られないなら何でもやっていいというわけでもないし。

なんとなく、目の前のこの人との距離感を測りかねているから。

「人の少ない道を行きたいということでいいですか？」

そういう、ちょっと遠回しな形で探りを入れてみると。

「いや、」

とジルは首を横に振った。

「人通りはむしろ多い方がいいかな……。別に、人を避けたいわけじゃないんだ。ただ、その……」

うーん、と腕組みをして、難しい顔。

あの、言いにくいようなことなら大丈夫ですよ、とクラハが声をかける前に、

「その道、俺の銅像が立ってるんだよな……」

「…………はい？」

なんかすげえことを言い出した。

クラハの「はい？」という非常に妥当な反応に、ジルは何らかの焦りを覚えたらしい。「いや待ってくれ」とそれはクラハの側の台詞だろうということを早口に言ってから、言い訳みたいな口調で説明を始める。

「ほら、俺、毒竜殺しをやっただろ？」

「あ、ああ。はい。そうですね、聞いてます。もちろん」

「そうしたらな、銅像が立ったんだ」

そうですか、とクラハは言った。

そうですか、以外に言うべきことがあるというのなら、誰かに教えてほしかった。

「いや、待て。ちょっと待ってくれ」

どれだけ人を待たせれば気が済むのか、口癖のようにジルはそう言い、

「俺が立ててくれって言ったわけじゃないんだ。ただ、なんかそのときみんな解放感でテンションおかしくなってて……」

「そのテンションのまま……？」

「作ってる途中でみんな冷静になると思ったんだけど、ものすごい速度で話が進んで……」

一夜のうちに、と。

口元を押さえて、目を逸らして、「バツの悪そう」な顔選手権世界第一位みたいな顔で、ジルは呟いた。

「な、なるほど」

何が一体なるほどなのかは言っているクラハ自身よくわからなかったが、とりあえず口先だけでは納得を見せて、

「それじゃあ、もう少し離れたルートを通りましょうか。ちょっと細くて険しい道になりますが、こっちならそれほど日数も変わらずに済みますよ」

「人通りは？」

「それは……うーん」

ジルにそう訊かれても、彼女だって遠出の経験はそこまでたくさんあるわけではない。いまだその中継地まで足も運ばない段階では、地図からは識別できない賑わいなどの情報は、単なる予想としてしか口にできない。

そう伝えてみると、ジルは「それでも構わない」と言うので。

自分の考え。

「そこまで多いわけではないと思います。それこそこっちの……さっきのルートの方が、毒竜がいないならメインの交通路になると思うので」

「それじゃあ、人の多い道はどれになる？」

「それなら、これが一般的な第二経路になると思います。それこそちょっと遠回り気味になってしまいますけど」

「そっか。ふたり旅も始めたばっかりだし、そんなに変な道を進まない方がいいだろ。そっちで頼んでもいいか？」

はい、もちろんです、と。

自分の提案がしっかり役に立ったことに達成感を覚えながらクラハは頷きつつ――しかし、こうも思っている。

銅像。

銅像ってなんだろう。

銅像って、いったいどういうことなんだろう。

知っている人が銅像になっている光景って、いったい目の前にしたときどういう気持ちになるんだろう。

知りたい。

かなり。

が、まさか本人が「嫌じゃ行きとうない」と言っている場所に騙して連れていくわけにもいかないので……この好奇心は悪いものとして封印してしまおうと、彼女は、別ルートの通り方を頭のなかでシミュレーションし始める。

ところで、もはや言うまでもないかもしれないが、当然のようにジルは記憶違いをしているし、クラハに「こっちで頼む」と伝えた道の方が、彼の銅像のある道だ。


「…………クラハくん」

「……はい。なんでしょう」

「俺は今からこの顔をぴったり覆った両手を微動だにしないまま街から出たいんだが、道案内を頼めるか？」

馬車から降りた途端に、だった。

竜殺しの英雄の銅像が、目の前に現れたのは。

それが広場の真ん中に堂々と立っているのを見つけたとき、クラハの思考はごく順当にフリーズして、「え」という言葉を唇の隙間から洩らすに行動はとどまったが、しかしジルは流石の反応速度で、バッと勢いよく顔を覆った。

しばらくそのまま（それこそ銅像のように）固まってしまったジルを見つめつつ、がらがらと自分たちを乗せてきた馬車の遠ざかっていく車輪の音を聞きながら、クラハは考えた。

いったい何を言ったものか、と。

指定されたルートを辿ったことは間違いない。単にジルが何らかの記憶違いをしていて、そして自分が例の毒竜が現れた場所を正確には把握していなかったために、その記憶違いを訂正できなかった……たったそれだけの過ちが、自分たちをここまで導いた。だから下手に謝っても傷口に塩一握りみたいなことになりかねないし、再びジルが正常な状態に戻ってくるのを、ただ無言で、待つことしかできなかった。

そして、最終的に出てきたのがさっきの台詞で。

入念に検討を重ねてから、クラハは言った。

「結構むりです」

「むりかあ〜〜〜」

むりでした。

これがまた別のルートだったら、まだ望みはあったはずである。

しかし、どうもこの場所、人が多すぎる。馬車から下ろしてもらった場所は、どうも見たところ大広場。どの道を行こうとしてもその先に市が立ち並ぶような非常に便利な場所まで連れてきてもらったらしく、どこもかしこも人の流れが激しい。スイカ割りよろしく「右！　右！」とか「もっとこっち！　違うこっち!!」なんてやっていたら人に衝突しまくって大惨事になること請け合いである。

というか。

「すでにちょっと、目立ってきちゃってるというか……」

そんな場所で顔を覆って突っ立っていれば、それはそう。

なんだこいつ、という顔で人々はジルを一瞥《いちべつ》してすれ違ってゆき、そのたびクラハは横で、ちょっと居心地の悪い思いをしている。そしてそのさらに横では、実物よりもやや身長の高い銅像が堂々と天に剣を掲げており、この賑やかな街に「じゃっきーん」という擬音を控えめに——いや全然控えめではない、とんでもない存在感で自己主張激しく添えている。

一応、やってやれないことはないですが、とクラハは、

「片手だけ顔からどかしてもらって、その手を私が引いていけば……あとは、ここで少し待っていてもらって、その間に私が馬車ごとここまで連れてくるとか。それから……」

「いや、いいさ」

あれこれ方法を並べ立て始めたクラハに、ジルは言う。

「言ってみただけなんだ。悪足掻《わるあが》きだって、自分でもわかってる……」

本当にそれもそうだったので、クラハも流石に何のフォローも入れられなかった。

「ただちょっと、心の準備だけさせてくれ。恥ずかしさに耐えるための……」

「は、はい」

目立ってきてるって言ってるのに。

しかしそれでもクラハは、律儀に横の男の頼みを受け入れた。通行人の奇異の目に耐えながら、立ち尽くして、手持ち無沙汰にその周囲に目線を巡らした。そしてそのたび、最終的にはある一点に視線を吸い込まれていった。

とんでもなく出来の良い銅像である。

おそらく、ジルを知っている人間であればそのモデルが彼であると百人が百人確信できる。あまりにも精巧かつちょっとずつ全体的にデザイン的な美化が施された銅像は、間違いなくかなりの腕の職人か芸術家の関与があっただろうことを窺わせ、ジル曰く「みんなのテンションが壊れてできた」というやけっぱちの権化みたいな破壊と創造のプロセスがあったとは、とても見た目にはわからない。

そしてクラハは、律儀にその銅像から目線を外そうと、何度も試みた。

本人が見てほしくなさそうだからである。実際のところ「超」がつくほどじっくり見たいし、何なら銅像自身「いいぞ、見ろ。英雄の像を」と声高に叫んでいるかのような節すらあったが、隣の顔を覆って立ち尽くしている謎の男に配慮して、できるだけ広場のそれ以外の部分に目をやるように、努力した。

そして、ふと。

その場所の賑わいを見ているうちに。

「――あ、」

この広場の平穏を取り戻したのが、隣にいる剣士だということに、思い至った。

毒竜殺しのことを、クラハははっきり知っているわけではない。けれど、それが大きな事件だったこと、討伐されなければ毒竜の現れた森をルートとして持つこの交易地点自体が、死の街になっていただろうことは、大まかな知識として持っている。

あり得たかもしれない、荒廃のこと。

それが今、この場所に存在していないこと。市場が並び立ち、人々が行き交い、そしてこの春のうららかなる日を、水色の空の下、よろこびとともに迎え入れていること。

また。

彼がいなかったら、〈二度《ア》と空《ビ》には出会《ス》えない〉の近隣にあった、あの街も。

自分も、と。

そう、思えば。

ようやく、今になって――。

「ジルさん」

「もうちょっと待ってくれないか。あとせめて二分くらい、精神の統一を――」

「ありがとうございました」

え、とジルが驚いて、その両手を顔から外すのと。

ほんとうに、とクラハが彼の顔を振り仰ぐのは、ほとんど同時。

だからふたり、ぴったり視線が重なって。


「これから、よろしくお願いします」


きょとん、とした彼に。

その言葉の意味を教えるように、春風がふいに、広場に流れ込んでくる。

前髪をなびかせる強い風に、彼女も彼も、目を細めて。どこから来た風が、どこへと流れていくのかを確かめようとして。

そのときになってようやく、彼もまた、その春風が流れ込む街の明るさを、目にすることができたから。

だから彼女に、微笑みかけて。

約束に変わる、言葉を返す。

「こちらこそ」


「おかーさーん!!　分裂した銅像が笑って喋ってる――っ!!!」

「ぐあああぁッ!!」

「じ、ジルさん!　膝からダイレクトに崩れ落ちて――!」

とりあえずのところ。

これからのふたりは、そんな感じ。


(了)

あとがき

この本の作成に参加した文章担当スタッフとしてあとがきを書くか、それともこの話の原型であるＷＥＢ版の作成者として書くか、迷って決めかねたので両方書くことにします。

まず、文章担当スタッフとして。

このたびは本書をお手に取っていただき、ありがとうございました。頭から順番にページを捲ってここにいる、という方には重ねて、最後までお読みいただきありがとうございます。あとがきから読むタイプだからまだ本文は読んでいない、という方には「私はノーベル文学賞を八回取ったことがあるので面白さは保証します」とかそんなことを言えたらいいんですが、そんな事実はないので何とも言えません。どちらの方にも、お楽しみいただけましたら幸いです。

タイトルに「1」の数字があるとおり、続刊が予定されています。そしてこれを書いている時点では未発表ですが、帯のあたりに「コミカライズ決定」の文字があるのではないでしょうか。ぜひそちらもチェックしてくだされぱと思います。

なおレーベル公式サイトでは書き下ろしのＳＳを無料で公開していますので、よろしければそちらもご覧いただけたらと思います。迷宮内での３人のエピソードになっています。
インターネットで「ＳＱＥＸノベル」と検索していただくか、アドレスバーに
https://magazine.jp.square-enix.com/sqexnovel/special/
と直接入力していただくか、このあとがきの最後にＱＲコードがありますので、そちらをお使いください。

次に、ＷＥＢ版の作成者として。

この文章を今読んでくださっている皆様の手元にこの本が届くまで、私にできたことはあまり多くはないと思います。

書籍化作業が開始してからは、加除修正の助言を初めとして様々な手配を担当してくださった編集様、素敵なイラストを描いてくださったｔｏｉ８様、また校正、装幀、印刷、流通、販売等……紙媒体でも電子媒体でも、おそらく私が認識している以上に多くの工程があり、その都度様々な方のお力をいただいております。

そして、ＷＥＢ版から書籍化が決定するまでにも、小説投稿サイトでポイントを入れてランキングに上げてくれた方、ＳＮＳ等で広めてくださった方、この話を作るきっかけをくれた方、またこの話に限らず私が投稿するものを読んでくださっていた方など、たくさんの方々の後押しをいただ

きました。

　ということでこうしてあとがきを書くのも自分でいいのか……という思いもあるのですが、関わってくださった全ての皆様に御礼申し上げます。本当にありがとうございました。ここでこうして文章を書くまでに感じたこと、見えたことも多くあり、また何かを書く際に活かしていければと思います。


　最後に、名乗らずに終わってしまうと誰が書いたんだこの文章はとなってしまうので、ペンネームを書き添えます。ｑｕｉｅｔと申します。このペンネームでこのあとがき欄がある矛盾感については見逃してください。

　以上です。

　これからもどうぞ、よろしくお願いいたします。


【書き下ろしＳＳ】

明日まで覚えていても何の意味もない！

猿でも直感的に「それはない」とわかる文明講座